最強彼女の躾け方

鷹羽シン
illustration◎しなのゆら

美少女文庫
FRANCE SHOIN

プロローグ　最強彼女に一目惚れ！

四月。日中になれば暖かな春の日差しが降り注ぐも、早朝はいまだ冬の名残《なごり》をわずかに引きずり、肌寒さを感じさせる。

あと一時間もすれば登下校の学生の姿で溢れ返るであろうこの通学路も、午前七時とピークよりも少々早い今はまだ、人影もまばらである。そんななか、真新しい学生服に身を包んだ夏木《なつき》陸《りく》は外気に冷える両手を擦り合わせながら、一人足早に歩みを進めていた。

「今日も、いるかな」

空気は冷たいが、その人のことを思うと自然と胸が熱くなり、寒さも気にならなくなってくる。いつしか早歩きが小走りへと変わるなか、陸は通学路の大通りを小道へと折れ、住宅街へと進んでゆく。その住宅街をさらに奥へと進むと、町外れに広がる小山を背負うようにやがて大きな、しかしどこか古ぼけた和の邸宅が現れる。そここそが陸の目的地であった。

その邸宅には瓦屋根の屋敷と、木造の道場が併設されていた。陸は邸宅を取り囲む塀をぐるりと回ると、ちょうど道場の真横辺りで足を止め、背伸びをする。

「あっ……」

道場の窓からなかを覗きこんだ陸は、お目当ての人物を見つけて思わず顔をほころばせて声を上げ、しかしその人に気取られてはならぬと慌てて口を両手で塞ぐ。陸の眼前には、壊すことのはばかられる静謐《せいひつ》な空気が張りつめていた。

「……………」

道場のなかでは、上半身を白い道着に包み下半身には黒のスパッツを穿いた長身の美少女が一人、目を閉じ静かに座していた。精神を集中させているようだ。

流れるような艶やかな黒髪は背中へと無造作に伸ばされ、前髪が目にかからぬよう額には白いハチマキを締めている。

涼しげな目元に、流麗なラインを描く鼻梁、しっかりと引き結ばれた唇。その美しい面差しはクールビューティーと称するに相応しい。

袖のない道着から伸びるしなやかな二の腕、そして膝上丈のスパッツからスラリと伸びる長い両脚は、日々の鍛錬により培われた筋肉の上にうっすらと脂肪が乗っており、野生動物のそれを髣髴《ほうふつ》とさせた。

そんな引き締まった肉体美を誇る少女だが、かといって女性としての柔らかさを失っているかといえばそんなことはなく。むしろ道着の胸元はきつくサラシを巻いても隠しきれないほど見事に実ってこんもりと盛り上がっており、スパッツに包まれた美尻もまた悩ましい曲線を描いていた。

その美少女の名は、影崎《かげさき》しのぶ。『影崎流格闘術』という空手をベースとした格闘術の道場の一人娘であった。

しばし両目を閉じて精神集中をしていたしのぶは、やがて両目をゆっくりと開くと上座をまっすぐに見つめ、静かに立ち上がる。そして彼女は一人、黙々と型の練習を始めた。

黒革のオープンフィンガーグローブで覆われた拳をシュッと前に突き出し、長い脚を跳ね上げ上段蹴りを放つと頭の高さで右脚をピタリと静止。さらに右脚を下ろしつつ一歩踏み出し、同時に空を裂くように手刀を振り下ろす。荒々しくもどこか舞のような美しさを感じさせるしのぶの演舞に、陸はすっかり見惚れていた。

「かっこいいなぁ……」

陸はそうポツリと呟くと、感嘆のため息と共に目尻を下げる。そして気がつけば、初めて彼女を見かけた時のことを思い返していた。

陸がしのぶの存在を知ったのはつい先日のこと。早くに母を病気で亡くし父一人子一人で育った陸は、父の転勤に伴い高校に上がると同時にこの街へと引っ越してきた。新しい街への好奇心を抑えられず、陸は荷解きもそこそこに街中を散策に出かける。土地勘のない場所を思いつくままに歩き回った陸は、やがて歩き疲れ、ちょうど見かけた街外れにある大きな自然公園で一休みすることにした。

自動販売機で缶ジュースを買った陸は、噴水を囲むように設置されているベンチの一つに腰をかけ、ジュースを呷《あお》りつつ一息吐《つ》いていた。すると、どこからやってきたのか、突然大型犬がわふっと覆いかぶさってきた。そのグレートピレニーズと思《おぼ》しき大型犬にはしっかりと首輪がついているものの、しかしその先のリードを握る小さな手を見れば、なるほど制御できないのも納得できた。

「わわっ。ご、ごめんなさい。こら、ジョン。ダメだってば～」

「大丈夫、気にしないで」

慌てた様子で申し訳なさそうに謝る小学生と思しき少女に笑いかけつつ、陸はジョンと呼ばれた大型犬の頭を手で撫でてやる。するとジョンは気持ちよさそうに陸の膝に顔を乗せて尻尾をゆっくり振りながら体をダランと弛緩させた。

「うわぁ。おにいちゃん、すご～い。ジョン、マリの言うことはあんまり聞いてくれないのに～」

普段はやんちゃなジョンがあっさり手懐けられている様を、マリと名乗った少女は目を丸くして見つめている。

陸は少々変わった体質をしていた。特に動物好きというわけでもないのに、やたらと動物に懐かれるのだ。公園でぼ～っとベンチに座っているといつの間にか周囲に集まってきた野良犬や野良ネコで円ができていたり、隣でパンくずを撒く老人がいるのになにもしていない陸の方が鳩に群がられたりすることがたびたびあった。

そして、そんな陸には不思議な能力があった。その手で撫でてやると、動物たちは本当に幸せそうに全身を弛緩させて悦びに浸りきるのだ。そんな動物好きなら垂涎の体質と能力を有した陸であるが、しかし陸自身はさほど動物好きというわけではなかった。そのため自分では特になにも飼っておらず、その能力もこうして寄ってきた動物たちを時折撫でてやる程度にしか活かされていなかった。

マリは心地よさそうなジョンをしばらく楽しそうに見つめていたが、散歩の途中だったようで、やがてなかなか動こうとしないジョンをなんとか引っ張りながら陸に手を振り公園を後にした。

そんな胸温まるひとコマにベンチに座って幸せな気分に浸っていた陸だが、しかしその気分はすぐにぶち壊しになってしまう。噴水を挟んだ向こう側で、いかにも不良学生といった風体の三人組が、茶色い毛並みの子犬をいじめているのが目に入ったのだ。

「このクソ犬が、ションベン引っかけやがってっ」

どうやら不良の一人に子犬の小便がかかってしまったらしく、その不良は激昂して子犬を踏みつけていた。他の二人が下品に笑いながらからかうものだから、なおさら怒りが倍化されたらしい。キャインッと子犬の悲鳴が響き、陸の耳にこびりつく。思わず立ち上がりかけた陸だったが、荒事に慣れていないため、足がすくんで動かなかった。

(……くそっ。情けないな、僕は……)

怒りを感じる気持ちはあっても動くことができない。そんな自分が情けなくて、陸は歯噛みする。

それでもなにかできることはないかと顔を上げた陸の視界に、スッと影が飛びこんできた。

「……おい。もういいだろう。いい加減に許してやれ」

影の正体は、艶やかな長い黒髪と凜とした佇まいが印象的な、陸より少し年上と思しき美少女であった。白の道着と黒のスパッツに身を包んだその美少女は、瞬きするほどのわずかの間に不良の足元をサッと駆け抜け、今まさに踏みつけられようとしていた子犬を拾い上げていた。あまりの早業に、陸だけでなく不良たち、そして助け出された子犬自身も、驚きに目をパチクリさせている。

「てめえ、邪魔すんじゃねえっ。こっちはションベンひっかけられてんだ。こんなもんじゃ気が収まらねえんだよっ」

だが、やがて我に返った不良の一人が女に邪魔されたことに激昂する。しかし美少女は怯む素振りすら見せず、クールな視線で不良を蔑む。

「それは不運だったたな。だが、だからと言ってこの子に暴力を働いて憂さ晴らしをしようとは、男としてあまりに情けないと言わざるをえんな」

「んだとぉっ！　ごちゃごちゃうるせえんだよ、このアマッ。そんなにかばいたきゃ、テメエがそのクソ犬の身代わりになりやがれっ！」

とうとう不良はそう怒鳴り美少女に殴りかかる。だがその美少女は無表情のまま、無造作に右足を高く振り上げる。

「んがっ！」

無造作に放たれた、しかし目が追いつかないほどの速さの蹴りが、拳が届く前に不良の顎をスコンと蹴り上げる。そして一瞬の後、不良はそのまま仰向けにバタンとひつくり返る。彼はたったの一撃で気絶させられていた。

「な、なにしやがるこのアマッ」

残された不良の一人が気色ばみ凄んでみせる。その様子を見た美少女は、小脇に抱えていた子犬を地面に下ろすと、不良たちに向き直り切れ長の瞳をスウッと細める。

「ほう。この子に直接手を出していたのはその男だけのようだったから、黙っていれば見逃してやるつもりだったのだが……。やると言うのなら、遠慮はしないぞ」

そしてオープンフィンガーグローブをキュッと深く塡《は》め直し、美少女は不良たちを鋭く見すえた。その視線にブルッと震え上がったもう一人の不良は、やがてハッとなにかを思い出した表情になると、見る見るうちに顔を青ざめさせ、気色ばむ仲間の袖を引っ張った。

「お、おい、やべえって。アイツ、『鬼影《オニカゲ》』だぜ」

「げっ。マ、マジかよ」

その『鬼影』という単語に、気色ばんでいたもう一人の顔色から血の気がスウッと引いてゆく。

「ああ、間違いねえって。あの格好に、タケシが一発でやられたあの蹴り……。やべえよ、二人じゃかないっこないぜ」

美少女の正体に気づいた二人はこそこそと言葉を交わしつつ、警戒しながらタケシと呼ばれた気絶している不良の両腕をそれぞれ抱える。そして次の瞬間、タケシを引きずりながら捨て台詞と共に少女に背を向けて走り始めた。

「お、覚えてやがれっ！」

ああ、本当に定番の捨て台詞なんだなぁ。陸がそんな感想を抱くなか、不良たちは一目散に退散してゆく。だが美少女は一瞥しただけで彼らを追うことはせず、傍らで震えている子犬の前に自らもしゃがみこんだ。

「危なかったな。大丈夫か？　オシッコをする時は周りにもっと気をつけないと駄目だぞ」

美少女はそのクールな表情を崩さず、だがよく見ればほんのわずかだけ目尻を緩ませて、子犬に手を差し出した。子犬はよほど怖かったのか、小さく縮こまりカタカタと震えている。不良に踏みつけられていた時ですらもそこまで怯えていなかったようなな、と陸は首を傾げる。そして。

「っ……！」

子犬は恩知らずにも、差し出された美少女の手のひらにカプッと噛みつき、そして脱兎のように駆け出しどこかへと逃げ去ってしまった。しばし、凍りつく空気。遠めに見ていた陸も、思わず言葉を失ってしまう。

一人残された美少女は、しゃがみこみ手を差し出したまま、無表情でしばしその場に固まっていた。だがやがて何事もなかったかのようにスクッと立ち上がると、ランニングを再開しその場を立ち去った。

一部始終を見終えた頃には、いつの間にか陸の足のすくみは取れていた。そして気づけば陸の胸には、あの美しくも勇ましいクールな美少女への憧憬と熱情が、狂おしいほど激しく沸き上がっていた。それは、陸が初めて味わう感情。いわゆる一目惚れであった。

陸は弾かれたようにベンチを立ち上がると、美少女が走っていった方向へと駆け出してゆく。このまま姿を見失い彼女の手がかりを失うことを避けたかった陸は、歩き疲れて棒になっていた足を懸命に叱咤した。

幸運にも公園を出たすぐの道路で彼女の後ろ姿を見つけることができた陸は、そのままランニングをする彼女の後を追っていた。

美少女の足はおそろしく速かったが、それでも公園に寄った時点ですでにランニングの終盤だったらしい。陸のスタミナが切れる前に、彼女は終着点と思しき街外れの屋敷へと辿り着くと、なかへ入っていった。

なんとか見失わずに美少女の行き先まで辿り着いた陸は、両手を膝に置き息を荒げながら眼前に広がる屋敷を見上げる。その門には『影崎流格闘術』と書かれた表札がかかっていた。

それから陸は毎朝、登校前に影崎流格闘術の道場へと見学に向かうことが日課となった。しのぶは毎朝欠かさず一人で朝稽古に励んでおり、陸の早起きが空振りに終わることはこれまで一度もなかった。

「あぁ……今日もかっこいいな、しのぶ先輩……」

稽古に集中するしのぶの姿を目を細めて見つめながら、陸は嘆息を漏らす。先輩と呼ぶのは、しのぶが陸より一つ学年が上の、高校二年生と知ったからである。しのぶは学園の有名人のようで、入学後、陸は労せずして彼女の情報を入手することができた。ただしそれらのほとんどは、芳しいものではなかった。

新しくできたクラスメイトたち曰《いわ》く、女子はおろか男子の不良にも数十人に囲まれながら息一つ乱さず全滅させることなど日常茶飯事。道場にしのぶ以外の門下生の姿が見えないのは、まだ中学生だったしのぶが幾人もの屈強な門下生の男たちを全員完膚なきまでに打ち倒し、プライドをへし折ってしまったからだとか。

果ては、師範である父をも叩きのめしてしまったという噂まで。しのぶが現在一人暮らしで、たった一人で屋敷と道場を守っているのは、娘へのリベンジを果たすべく武者修行へと出かけていった父を一人待っているからだという。

そんな修羅の道を歩む彼女にやがてついたあだ名は『鬼影』という、その美貌とはあまりにも不釣合いな二つ名であった。

と、それら冗談としか思えないような噂を恐ろしげな表情で語り、くれぐれも関わり合いにならないようにと忠告してくれたクラスメイトたちに、陸は表面上は頷いてみせつつもその胸はなぜか躍っていた。

さすがに噂は尾ひれがついているだろうが、それだけの幻想を抱かせる影崎しのぶという少女が、陸にはますます崇高な存在へと思えていた。そしてそんな噂が立つくらいであるから、彼女には近しい友人もいないらしく、まして恋人と呼べるような存在も当然いないようだ。もちろん自分がそこに辿り着けるなどとは思ってはいないものの、初めてしのぶを見かけたあの時から片想いに近い憧憬を抱いている陸にとって、その事実にほっと胸を撫で下ろさずにはいられなかった。

そして今日も陸はしばし時を忘れたまま、しのぶの流麗な動きに見惚れていた。彼女が拳を振るい、足を振り上げるたびに、艶やかな黒髪が宙をたなびき、キラキラと汗の滴が弾け散る。その清廉な動作に憧れこそ抱けど、陸は微塵も恐怖を感じることはなかった。

が、しかし、その幸せな時間も長くは続かなかった。いつの間にか陸の足元に、ふわふわと柔らかい毛の感触が何度も擦れ、陸の至高の時間を阻害し始めたのだ。

「……ん？　なんだろ」

陸が視線を下ろすと、陸の足元には一匹の小さな茶色い野良犬がまとわりついていた。

「ワンッ。ワンワンッ」

子犬は楽しそうに尻尾をフリフリと揺らしつつ、陸の足に首を擦りつけていた。

「シーッ。静かにしろって」

陸の状況などおかまいなしに楽しげに鳴きだす子犬に、陸は指を一本立てて静かにするように命じつつ、しのぶに気づかれはしないかと足元と道場を交互に見やる。幸いしのぶは稽古に集中しているようで、こちらに気づいた様子はない。

だが子犬は陸にかまわれたことが嬉しいのか、ますますワンワンと吠え立てながら陸の足元をグルグルと回り出す。どうやらまた知らぬうちに陸の動物に懐かれる能力が発揮されてしまったようだ。

それでも普段は害もないので放っておくのだが、例えこの子犬に悪意がないにしても、さすがに隠密行動中にこううるさく吠え立てられてはかなわない。

「あ～、もうっ。気づかれちゃうだろ。静かにしろったらっ」

陸は足をブラブラ揺らして子犬を追い払おうとしたが、遊んでもらっていると勘違いしたのか子犬はますます楽しそうに陸の周囲をグルグルと回り出す。

「もう。あっち行けったら。この、このっ」

いつしか陸も子犬を追い払うのに必死になり、下を見ながらブンブンと懸命に、しかしそれでも決して蹴飛ばしてしまわないように気をつけつつ足を振るう。だがその動作はまったく逆効果で、子犬ははしゃぎながら跳ね回るばかり。

「マズイな。こんなに騒がしくしていたらさすがに気づかれちゃうかも……」

そう呟き、しのぶの様子を確認しようと再び道場内に目を向けたその時。

ブンッ！

「うわぁっ!?」

視線をこちらへ向けぬままに放ったしのぶの右の裏拳から生じた拳圧が、陸の顔に勢いよく噴きつける。陸は思わず悲鳴を上げて塀にかけていた手を放し、ズデンと地面に尻餅をついた。

「な、なんだ……？　風……？」

陸はポカンと口を開けたまま、呆然と地面にへたりこんでしまう。驚きのあまり、腰が抜けてしまったようだ。あの瞬間、しのぶは道場の真ん中にいた。あの位置で振るった拳が風を起こして窓の外の陸を襲うなど、常識では到底考えにくい。だが確かに陸はなにかに吹き飛ばされたのだ。

そんな陸の驚きをよそに、子犬はへたりこんだ陸の膝の上に乗りキャンキャンと鳴いている。陸は呆然としたまま、子犬の背中を無意識で優しく撫でる。子犬は気持ちよさそうに目を細め、フルフルッと身体を震わせた。

「……ん？　おまえ、どっかで見たような……」

その子犬にどことなく見覚えがあるような気がして陸は首を捻りつつ、しばしそのまま地面にへたりこんでいた。と、不意に陸の視界に何者かの影が重なりスッと暗くなる。無意識のまま影の主を確認しようと顔を上げた陸は、驚きのあまりそのままピシッと凍りついた。

「大丈夫か？」

中腰になり陸を見下ろしていたのは、先ほどまで道場のなかにいたはずのしのぶであった。心地よさそうに陸の手を背に受けていた子犬がビクッと震え上がり、陸の膝の上から慌てて飛び降りるとしのぶから隠れるように陸の足の影で縮こまる。その瞬間、しのぶの端整な眉がピクッとわずかに震えた、ような気がした。

「えっ、あっ、は、はいっ！　だ、大丈夫ですっ」

一方、憧れの存在であるしのぶに不意に声をかけられて、へたりこんでいた陸は金縛りが解けたようにその場でバッと正座し、思わず右手を額に当てて敬礼ポーズをしてしまう。

「ア、アハハ……。ちょっとコイツにじゃれつかれているうちに転んじゃって」

しのぶの視線が自分よりも背後に隠れて縮こまっている子犬に向けられているのに

気づいた陸は、そう笑ってごまかした。憧れのしのぶに話しかけられてすっかり舞い上がっている陸とは逆に、子犬は先ほどまでの人懐っこさはどこへやら、随分と怯えた様子であった。

「そう。……立てるか？」

　しのぶは表情を変えずに陸を見下ろしたまま、スッと無造作に手のひらを差し出した。その手が自分に向かって差し出されたものだと気づいた陸は、手のひらを制服で何度も拭ってから、どぎまぎしつつしのぶの手をそっと握り返す。

「は、はいっ。ありがとうございますっ」

　その手のひらはほんのり汗ばんでいて温かく、そして想像していたよりもずっと柔らかかった。陸はしのぶの手を取り立ち上がりつつ、思わずその手をよりしっかりと握り返してしまう。

「……っ！」

　その瞬間、しのぶがビクッと肢体を震わせる。それでも手を放さず陸を引き起こしたしのぶであったが、陸が立ち上がり終えるとすぐにサッと手を引っこめてしまった。もう少し握っていたかったなと、陸は温もりが残る手のひらを名残惜しげに見つめる。そのため陸は、しのぶの顔が先ほどよりもわずかに上気していることに気づくことができなかった。

「キミ……動物に好かれるんだな」

突然、しのぶがポツリと呟く。その視線は先ほど同様、陸の足の陰に隠れて縮こまっている子犬に注がれている。

「えっ？　そ、そうですね。昔から、動物にはよく懐かれる方です」

「そう。…………いいね」

「へっ？」

子犬に視線を向けたまま呟かれた今度の言葉は、あまりに小さすぎて聞き取ることができなかった。

ともかくも、しのぶの方から警戒した様子もなく話しかけてきてくれたことで、毎日道場を覗いていたことはバレていないようだ、と陸はホッと胸を撫で下ろす。だが。

「……ところで。キミ、ここのところ毎日、そこの窓から道場を覗いていたな」

「えうっ!?　い、いや、それはその……」

次いで出てきたしのぶの言葉に、陸は再び全身が凍りついた。陸が道場を覗いていたことなど、しのぶはとうの昔に気づいていたのだ。陸の額に冷たい汗が浮かぶ。

しかし、再び開いたしのぶの唇から発せられたのは、覗きをなじる冷たい言葉の刃ではなかった。

「もしかして、キミは格闘技に興味があるのか」

「へっ？　いえ、あの……格闘技に興味があるっていうか、しのぶ先輩の稽古してる姿が、綺麗だったから、気になって……あ、あわわ」

予想外の問いを浴びせられて、動転した陸は思わず本音をこぼしてしまい、慌てて口を塞ぐ。しかしその言葉が届いたのかどうか、当のしのぶは微塵も表情を変えなかった。喜んだ様子はおろか、いぶかしんでいる様子もないしのぶに、陸は今のが失言だったのかどうかも判断できずにおろおろするばかり。

「私を先輩と呼ぶということは、キミは一年生か」

「は、はい。ぼ、僕、夏木陸って言います。この春にこの街に引っ越してきて、先輩と同じ高校に入学したんです。あ、先輩のことはその、クラスメイトに話を聞いて」

「……私の噂を聞いていながら、道場までやってきたのか」

陸の言葉に、しのぶはピクリと眉を動かす。すでにこの街にはしのぶの名は悪い意味で轟いており、それだけにそれを知ってもなお悪意以外で自分に興味を持つ存在がいたことに、少なからず驚いたようだ。

「……ふむ。もし私の稽古に興味があるのなら、外から覗かずに、なかに入って見学したらどうだ」

「えっ？　い、いいんですか？」

「ああ。ウチの道場は見学自由だ。もっとも、もう何年も実際に見学に訪れた者などいないが」

　そう呟き、しのぶは一瞬、どこか遠くを見つめる目をする。しかし見学の許可が下りたことに舞い上がった陸は、しのぶのわずかな機微には微塵も気づかなかった。

「そ、それじゃ、さっそく今日から見学してもいいですか」

「ああ。朝稽古はもう終わりにするから、よければ今日の夕方にまた来るといい」

「あ、ありがとうございますっ。……あ、あの、それと……今まで黙って覗いていて、すみませんでした」

「いや、視線を感じながらの稽古は、集中力を研ぎ澄ますよい鍛錬になっていた。気にしなくていい。もっとも、先ほどの大きな悲鳴はさすがに看過できなかったがな」

　そう言って、小さく笑みを浮かべるしのぶ。それがしのぶなりの冗談なのかどうか判断がつきかねて、陸は苦笑いを浮かべるしかなかった。

「そ、それじゃ夕方、よろしくお願いします」

「うむ。ではまたな」

　陸はしのぶに大きく一礼すると、踊り出さんばかりに楽しげにその場を駆け出した。痛恨のミスが、転じてしのぶとの距離をグッと縮める結果となった。これはあの子犬にも感謝しなきゃいけないな、そう思った陸は、角を曲がった時点でふと子犬の存在を思い出す。周囲をキョロキョロと見回してみるも、その姿は見られない。どうやらついてきてはいないようだ。

また会ったら、思いっきり頭を撫でてやろう。陸はそう心に決めると、学生カバンを宙に放り投げながら幸せそうに登校していったのだった。


「……どうしたというんだ、私は」

嬉しそうに駆け出してゆく陸の背中を目を細めて見送った後、しのぶは思わずポツリと呟いていた。このように同年代の少年と自然に会話をしたのなど、いったいいつ以来のことだろう。しかも、自分でも驚くほど饒舌《じょうぜつ》になってしまっていた。

しのぶは不意に手のひらを見つめる。そこにはあの少年の手の温もりが、かすかに残っていた。そして手のひらから全身へ伝わった、じんわりとした温かさ。その熱が、自分を少しだけ、普段とは違う自分へと変えさせたのだろうか。

しばしじっと手のひらを見つめていたしのぶであったが、やがて振り払うように首を横に振り、手のひらを握りしめる。そして道場へ戻るべく足を踏み出そうとしたその時、はたとある物の存在を思い出し、背後を振り返る。するとそこには、盾となるべき陸を失い小さく震える子犬の姿があった。

「キミは、もしやあの時の……」

記憶を辿りつつそう呟いたしのぶは、なるべく息を潜めながらゆっくりとその場にしゃがみこむ。そして、子犬に向かってそっと右手を差し出した。震えたまま怯えたようにしのぶの顔と差し出された手のひらを交互に見つめる子犬を、しのぶはただ黙って見据える。

そのまま、しばしの時が流れる。怯えたまま動こうとしない子犬を見ているうちに、いつしかしのぶはギリッと奥歯を噛みしめていた。すると、しのぶの気配の変化に気づいたのか、子犬はビクンッと大きく身体を震わせると、反射的にしのぶの手にカプッと噛みついた。

「っ!」

わずかな痛みではあったが、しのぶは眉をくもらせ小さな呻きを漏らす。その隙に、子犬はしのぶに背を向けて裏山へと続く小道を一目散に駆け出していった。

しのぶは右手を差し出したまま、誰もいなくなったアスファルトをしばし見つめる。それから、やがて何事もなかったかのようにスクッとその場を立ち上がると、クルリときびすを返し、再び道場へと戻ってゆくのだった。

第一章　私を子犬のように愛撫して♥

「なあ、夏木。おまえ、あの『鬼影』の道場に通ってるんだって？」

四時間目の終了と昼休憩の開始を告げるチャイムが校内に鳴り響くと、すかさず隣席の男子生徒が神妙な顔で話しかけてきた。

「え？　オニ……？　ああ、しの、じゃなかった、影崎先輩のことか。うん、そうだけど」

陸が頷くと、教室内の空気がザワッと震える。話しかけてきた男子生徒は額に冷や汗を浮かべながら、それでも聞かずにいられないのか、おそるおそる言葉を続ける。周囲のクラスメイトたちも無関心を装いながら、聞き耳を立てているようだ。

「マ、マジかよ……。夏木、大丈夫か？　なにか弱みでも握られちまったんじゃないのか。なんだったら相談に……あ、い、いや。なんでもない」

恐怖心が上回るのか、相談に乗る、とまでは言いきれない男子生徒。自分まで巻きこまれてしまうのを恐れているのだろう。陸は苦笑しつつ、それでもまあ彼は彼なりに本気で陸を心配してくれているようなので、気にするなとばかりに笑顔を見せた。

「大丈夫だよ、そんなんじゃないから。心配してくれてありがとね。さて、今日は外で昼飯食べようかなっと」

陸はカバンのなかからパンの入ったコンビニ袋を取り出すと、席を立ち袋をブラブラさせながら教室の外へと向かう。その瞬間、陸の進行方向を空けるように人垣が左右に割れる。この一週間ほどで陸の周囲で起きるようになった現象だが、陸は特に気にせず、教室の外へと出て行った。


「ん～っ。いい天気だな」

校舎をグルリと取り囲むように数メートル間隔に植えられた樹木の、その脇に設置されたベンチの一つに腰かけた陸は、木漏れ日を浴びながらグッと伸びをした。ほどよい陽気のなかでする食事は、たとえ味気ないいつものコンビニのパンであっても、その味を何割増しかに増幅してくれる。

こんなにうららかな陽気だというのに、周囲のベンチには人影はない。それは決してこの場所が穴場スポットだからではなく、むしろここ数日の間に人の寄りつかないスポットへと変化したのだった。

『鬼影』の道場へと通う男子生徒が現れた、という噂は数日のうちに校内中を駆け巡った。この辺りへ引っ越してきたばかりの地味な男子生徒、という陸の特筆すべき部分のない評価も、いわく人畜無害な顔をしながら怖いもの知らずの男子、果ては実は謎の拳法の使い手であの鬼影と互角に戦い意気投合した、などと虚実入り混じるものへと一変した。

そして気づけば陸の周囲には人が寄りつかなくなっていた。もっとも陸自身、そのことに不便も居心地悪さも特に感じてはいない。元々一人でいるのが苦にはならない方だし、それに陸が一人でいると、決まって寂しさを感じる暇がなくなるのだ。

「ニャー、ニャーッ」

今日もまた、どこからやってきたのやら陸の足元には野良ネコが何匹も集まり、その顔を陸の足にスリスリと擦りつけてくる。

「またおまえたちか。言っておくけど、パンはあげないからな」

陸は若干右手を高く上げて手にしたパンを遠ざけながら、それでも満更でもない顔でネコたちを見下ろした。

そう。昔から陸が一人でいると、どういうわけか周囲に動物たちが集まってくるのだ。おかげで陸はあまり孤独を感じたことがなかった。なので、入学してせっかくできた友人たちが早くも遠ざかりつつあるのに気づいても特に寂しさを感じるでもなく、むしろ憧れのしのぶとわずかでもお近づきになれた代償だと思えばそれも仕方ないかな、とすら思えていた。

「そういえば、しのぶ先輩も学園ではいつも一人でいるんだっけ。一緒にお昼でも食べられたら嬉しいんだけど……やっぱダメだよねぇ……」

しのぶには、学園内では話しかけないようにときつく言われていた。自分を気遣っての言葉だと気づいていた陸は、そんなことは気にしないと訴えたかった。だが、言いつけを守れないようなら今後道場の見学は認めない、とまで言われては諦めるしかなかった。

しのぶのことをぼんやり考えながらモシャモシャとパンを頬張っていると、気づけば一匹のネコが陸の膝の上に乗り、パンに向かって前足を伸ばしていた。

「こら。ダメだって言ってるだろ」

再びパンを頭の上に掲げて遠ざけると、他のネコたちも伸びをしながら陸に向かってまとわりついてきた。

「もう、やめろってば。アハハ…………ハッ!?」

ネコたちと戯れ笑顔を浮かべていた陸は、突然背筋にゾクリと寒気を感じて慌てて背後を振り返る。しかし、周囲を見回すも人影はない。

「ま、またあの感覚だ……。なんだろう。誰かに見られてるのかな」

周囲に人が寄りつかなくなったのとほぼ同時期から、陸はたびたび強烈な視線を背後から感じるようになっていた。だが、それに気づいて辺りを見回すも、視線の主は決まって発見できず仕舞いだった。

「気のせいなのかな。でもそれにしては、妙にゾクッとするんだよな。う〜ん……」

陸にとっては周囲に人が寄りつかなくなったことよりも、時折感じるこの視線の方が問題であった。それはあまりに強烈で、思わず身体が硬直してしまうほどの感覚なのだ。そしてその感覚が生じる時はといえば、考えてみると、決まってこうして一人で動物たちに囲まれている瞬間のような気もする。

「う〜ん。いったい誰が……って、こらっ。勝手にかじるなっ」

陸が思案に耽っていると、いつの間にか右手に持ったパンにネコがかじりついていた。陸は慌ててブンブンと右手を振りネコを引き剝がす。とその時、陸の頭にポコンとなにかがぶつかった。

「あいたっ！　な、なんだ？　……ん？　ネコ缶？」

突然の衝撃に左手で頭を擦りながら辺りをキョロキョロと見渡すと、足元にネコ用の餌の缶詰が転がっていた。拾い上げてみると、どうやら真新しい物のようだ。

「なんでこんな物が降ってきたんだ……？」

もう一度周囲を見回してみるも、やはり人影はない。陸は首を捻りながらも、これ以上自身の昼食を減らされても困ると、そのネコ缶を開けてみることにした。

「ほら。これやるから、もう僕のパンにかじりつくんじゃないぞ」

蓋を開けたネコ缶を足元に置くと、集まっていたネコたちが一斉に群がった。これでようやく落ち着いて食事ができると、陸はホッと胸を撫で下ろし、コンビニ袋から紙パックのコーヒー牛乳を取り出して啜り一息つく。

結局、強烈な視線の主の正体も、ネコ缶を放ってきた人物についても、この日はわからずじまいであった。


その日の放課後。掃除当番を終えた陸は、普段より幾分遅く影崎邸への道を小走りに向かっていた。

「しのぶ先輩、もう稽古始めちゃってるかな」

基本的にしのぶは自分のペースで修練に励み、陸はしのぶの邪魔にならないように道場の隅で静かに見学をさせてもらっているだけである。ゆえに、陸が早く来ようが遅れようが関係なく、しのぶの修行は始められる。だからこそ陸は少しでも早く道場に辿り着き、一分でも長くしのぶの様子を眺めていたかった。

少し息を切らしつつようやく影崎邸の門前へと辿り着いた陸は、膝に手を置いて荒れた呼吸を整える。するとどこからか子犬がトコトコとやってきて、陸の足元にじゃれ出した。

「あっ。おまえ、この間の……」

それは先日、陸がしのぶに見つかるきっかけとなった子犬であった。

「まったく。あの時はおまえのせいで大変な目に遭ったぞ」

陸はその場にしゃがみこむと、子犬の頭にポンと手を乗せる。すると子犬は嬉しそうにワンと吼え、尻尾をパタパタさせる。

「まあでも、あの時しのぶ先輩に見つかったおかげでこうして道場を見学できるようになったんだから、おまえのおかげとも言えるか。ありがとな」

そう言って子犬の頭をグリグリと撫でると、子犬は目を細め、気持ちよさそうに身体をフルフルッと震わせた。

「それにしても、ついこの間までは遠めから見ていることしかできなかったのに、今は近くで見学させてもらえてるし、少しだけど話もできるようになったし……本当、夢みたいだよな」

陸はしのぶと急接近したこの一週間のことを思い出しながら、子犬の頭から背中にかけてを撫で繰り回す。陸の手に何度も撫でられて、子犬はうっとりと目尻を垂れ下がらせ、口を開けタランと舌を垂らして手のひらの感触に酔いしれている。

「このまま上手くいけば、もっと親しくなれるかな。そしたらいずれは、恋人になんかなれちゃったりして……。くはーっ、なんちゃってなっ」

自分の呟きに自分で照れてしまい、陸は無意識のまま子犬をムチャクチャに撫で繰り回しまくる。すると全身を弛緩させるほど陸の手の感触に酔いしれていた子犬が、突然プルプルッと全身を大きく震わせる。そして次の瞬間、その場でジョ〜ッと小便を漏らし始めた。

「うわわっ。ご、ごめん。大丈夫か？」

突然の破水音と立ち昇る臭気に、正気に戻った陸は慌てて子犬の顔を覗きこむ。そこには愉悦に浸りきった蕩《とろ》けそうな至福の表情があった。

そう。陸はただ動物に懐かれやすいだけでなく、その手で撫でると動物が異常なまでに喜ぶという特殊な能力があったのだ。それ故に近寄ってくる動物たちをあまり撫ですぎないよう普段は注意していたのだが、しのぶのことを考えながら妄想しているうちに撫でる手に歯止めが利かなくなってしまったらしい。

よほど気持ちがよかったのか、子犬はその体内にあった水分をすべて排出せんとばかりにジョボジョボと小便を漏らし続ける。そして間の悪いことに、ちょうどその場にやってきた者たちがいた。

「ぐあ〜っ！　また俺の靴に犬のションベンがっ」

「えっ？　ひ、ひぃっ」

そこにはいかにも不良といった風体のリーゼントの学生が目をひん剝いて立ってい
た。その背後にも二人、肩を怒らせた不良生徒がすごんで立っている。突然のことに、
陸は思わず情けない悲鳴を漏らしてしまう。

「おうテメエ！　このクソ犬、テメエの犬か？　俺の靴が濡れちまったじゃねえか。

どうしてくれんだ、アァン⁉」

いきなり不良に胸倉をつかまれてすごまれ、陸は身体を縮こまらせる。

「い、いやあの、僕の犬じゃないです。その、野良犬で……」

「あぁ⁉　テメエ今、コイツのこと撫でてただろうが！」

「いやその、それはそうなんですけど、でも本当に僕の犬じゃ……」

しどろもどろになりつつ、陸は懸命に弁解する。しかしその間も子犬はなおも小便
をチョロチョロと漏らし続けていた。

「このクソ犬が、いつまで漏らしてんだコラァ！」

額に青筋を浮かべた不良が、つかんでいた陸の胸倉を離して突き飛ばすと、大きく
足を振り上げる。

「あ、あぶないっ！」

陸は尻餅をつくも、慌てて体勢を立て直すと不良の蹴りからかばうように子犬に覆

いかぶさる。そして不良の足が陸ごと子犬を蹴飛ばそうとした、その次の瞬間。

鈍い音と共に、吹き飛んでいたのは不良の方だった。何事かと陸がおそるおそる顔を上げると、そこには道着とスパッツに身を包んだしのぶが仁王立ちしていた。

ドゴッ!!

「……人の家の前で、いったいなにを騒いでいる」

長い黒髪を左手でファサッと掻き上げ、しのぶが不良たちを一瞥する。子犬を蹴ろうとしていた不良は、向かいの家の塀に叩きつけられ気を失っていた。不良が足を振り下ろすまでの一瞬の隙に、しのぶが飛び蹴りを食らわせたらしい。

「テメエ、やりやがったな鬼影っ！」

一瞬にして片付けられた仲間の様子に冷や汗を掻きつつも、残った不良たちが怒声を上げて身構える。

「お前たちか。性懲りもせず、また動物をいじめているのか」

「う、うるせえ。そのクソ犬がまたアイツにションベン引っかけてきやがったんだよ。と、とにかく、この間の借りは返させてもらうぜ。今日は得物も持ってきたからな。覚悟しろよ」

不良の一人が身構えつつ、ポケットに右手を突っこみなにかを取り出そうとする。

だがその右手を抜く前に、しのぶは一瞬で間合いを詰め不良の懐へ潜りこんでいた。

「フンッ！」

「ぐぼっ!?」

そして鳩尾《みぞおち》に叩きこまれる、しのぶの無慈悲な左肘。呻きを上げて思わずくの字に折れる不良の、その下がった顎に右の掌底アッパーが襲う。

「ハッ！　せいやっ!!」

「ぐはあぁぁーっ!!」

顎を打ち抜かれ無防備に伸び上がった不良のがら空きになった胴に、すかさず飛び上がったしのぶのローリングソバットが叩きこまれる。不良は悲鳴を上げて吹き飛び、電信柱に背中からしたたかに叩きつけられてこちらも気を失った。

「……あ、あわわ」

残った一人の不良が慌てふためいている。三人がかりで武器を使って仕留めるはずが、武器を抜く暇すら与えられずあっという間に一人になってしまったのだ。完全に想定外の状況なのだろう。

「……そいつらを連れてさっさと失せろ。一人でもやるというのなら、別だがな」

仁王立ちしたしのぶが、オープンフィンガーグローブをキュッと深く塡め直しながら、冷酷な瞳で残された不良を見下ろす。その視線に威圧され、不良はじりっと一歩後ずさる。

「う、くぅ……お、覚えてろっ」

やがて残った不良は定番の捨《す》て台詞《ぜりふ》を残すと、気を失った仲間二人を引きずって一目散に逃げ出していった。

「……はぁ～っ。た、助かったぁ。あ、ありがとうございます、しのぶ先輩」

不良たちが角を曲がって見えなくなったのを確認した陸は、大きく安堵の息を吐くと、ニコリと笑みを浮かべてしのぶに礼を述べた。その笑顔を見たしのぶが、意外そうな顔をする。彼女の振るう拳を目の当たりにしてもなお笑顔を浮かべられる人物は、彼女の記憶のなかにはほとんどいなかったからだ。

「あ、ああ。キミにケガはないようだな。……その子も、大丈夫か？」

「はい。僕も、コイツも大丈夫です。なっ」

伏せていた陸が上体を起こすと、今しがたの騒動に気づいているのかいないのか、子犬は排尿後の解放感に気持ちよさそうに目を細めていた。

子犬の無事な様子を見たしのぶは小さく微笑むと、しゃがみこみ、子犬の前にスッと右手を差し出す。すると今の今まで脱力しきっていた子犬は突然ブルブルッと大きく震え、あろうことかカプッとしのぶの手を噛んだ。そして子犬は屋敷の裏山の方へと脱兎の如く駆け出し、瞬く間に見えなくなってしまった。

「お、おいこらっ。助けてくれたしのぶ先輩になんてことをするんだよっ。だ、大丈夫ですか、しのぶ先輩」

「……う、うむ……気にするな……」

子犬の予想外の行動に慌てふためく陸。俯いたまま小刻みに震えているしのぶの表情は、髪に隠れて窺い知れない。ショックを受けているのだろうか。

どうやら陸とは逆に、しのぶは動物にとことん懐かれない性質らしい。どうフォローしてよいかわからず、陸は言葉に詰まる。しかしその一方で、武器まで用意して数人がかりで襲ってきた不良たちをいとも簡単にあしらってしまうしのぶの強さを間近で目にして、陸は改めてしのぶに憧憬の眼差しを向けるのだった。

と、その時。陸は、屋敷の向かいにある住宅の門の陰から小学校低学年くらいの小さな女の子がこちらをこそっと窺っているのに気づいた。

「ん？　あの子、どこかで……」

その顔にどことなく見覚えがある気がした陸は記憶を辿り、やがて正解を導き出す。

それは、陸がこの街へ引越してきた初日に公園で出会った、犬を散歩させていた少女であった。

陸は少女に小さく手を振ると、傍らのしのぶに水を向ける。

「しのぶ先輩、あの子……」

「ん？　ああ、お向かいの家の娘だ。キミ、騒がせてすまなかった。もう心配はないとご両親に伝えてくれ」

　だが顔を上げたしのぶが声をかけると、少女はビクッと身体を震わせ、ササッと門の陰に隠れてしまった。少女の行動にしのぶは苦笑いを浮かべつつ立ち上がる。その瞬間にふと垣間見えたしのぶの横顔があまりに寂しげで、陸の胸はギュッと締めつけられた。

「しのぶ先輩。あの……」

　なにか言葉をかけたくて、でもどう声をかけてよいのかわからず、陸は続く言葉を飲みこんでしまう。そんな陸をしのぶは見下ろし、眉をピクリと震わせると、小さく呟いた。

「ところで、キミ……少し臭うぞ」

「へっ？　……うわっ。しまった、ズボンがビチャビチャだっ」

　そういえば子犬をかばうために咄嗟に身体を丸めて伏せたものの、子犬の足元には小便で水溜まりができていたのだった。すっかり汚れてしまった制服のズボンを愕然と見下ろす陸に、しのぶがスッと手を伸ばす。

「屋敷へ入るといい。制服は洗濯しよう」

「えっ。でも、あの……」

「遠慮することはない。私のせいで巻きこまれたようなものだからな。……もっとも、どうしてもというなら無理強《むりじ》いはしないが」

なかなか手を取ろうとしない陸に、しのぶの眉がわずかに揺れる。陸の逡巡は手にも犬のお漏らしが付着していたらマズイという判断からだった。だが、あの子犬や少女の行動を見た後では手を握るのを渋っているとかえって勘違いさせてしまうのではと考え、陸は制服の上着でサッと手を拭うと、改めてしのぶの手を取った。

「それじゃ、その……お言葉に甘えさせていただきます」

「うむ」

思わぬ形であったが、陸は影崎家の道場から、さらに屋敷のなかにまで入ることを許されるようになった。日々の鍛錬で鍛えられながらも内に女性特有のしなやかさを残したしのぶの手のひらをそっと握り返しながら、陸は再び心のなかであの子犬に感謝するのであった。


「ふう〜。きもちいい。でも、いいのかな。お風呂まで借りちゃって」

ゆったりとしたヒノキ風呂の湯船に浸かりながら、陸は大きく身体を伸ばした。しのぶに屋敷のなかへと案内された陸は、脱衣所で汚れた制服を脱ぎ風呂で汗を流すように言われた。さすがに遠慮すべきかと一瞬悩んだ陸であったが、犬の小便が付着したまま うろうろするのもかえって失礼に当たるだろうと、素直にお言葉に甘えることとしたのだ。

ヒノキ造りの浴場はゆったりと大きめに作られていて、浴槽は両手両足を伸ばしてもまだ余るほどの大きさだ。まるで温泉旅館にでも来たようで、陸はついはしゃいでしまう。元々、稽古の後にはすぐに湯に浸かるのが習慣とのことで、しのぶはいつも帰宅後稽古を始める前に風呂の用意をしておくのだそうだ。

陸は湯に浸かりながら上機嫌でグルリと浴室を見渡す。すると、いかにも和といった浴室のなかに、一つだけ似つかわしくない物を発見した。それは、ウサギの顔をデフォルメしたスポンジであった。

「へえ。妹さんが使うのかな。でも、あれ？　しのぶ先輩って、姉妹はいたんだっけ？　まさかしのぶ先輩が使う物だったりして。なんてね、そんなわけないか、ハハ」

しのぶがあの愛らしいスポンジで身体を擦る様子を連想してみると、なんだか妙に微笑ましく思えた。しかしそこから、風呂に浸かるしのぶの裸体を連想してしまい、そういえばこの湯船には毎晩しのぶが浸かっているのだと考えると、陸の頭はカァッと沸騰し始める。気づけばスポンジのことはどこへやら、陸は真っ赤になって湯船に顔を埋めるのであった。

「しのぶ先輩。お風呂、ありがとうございました」

入浴を終えた陸は、道場の入り口までやってくると顔だけを覗かせて、道場のなかで修練に励むしのぶに声をかけた。

「フッ、ハッ！　ああ。……どうしたのだ？　なかに入ったらどうだ」

しのぶは動きを止めぬまま、道場の入り口で顔だけ出してもじもじしている陸にそう促す。

「いや、その……。制服、さすがにまだ乾いてないですよね」

実は、陸は今、Tシャツとトランクスを上下一枚ずつ着ただけの状態だったのだ。

「せっ、ハァッ！　ズボンは先ほど干したばかりだからな。父の服を代わりに出そうと思ったのだが、父は背丈が二メートル近くあるのでな。さすがにキミには大きすぎるだろう」

「そ、そうですね……」

「フンッ、フッ！　どうした、私に気を使っているのか？　私は幼い頃から道場で男の下着姿など見慣れている。気にしなくていいぞ」

「そ、そうですか。じゃあその……失礼します」

陸はなんとはなしにトランクスの前を押さえつつ、道場の入り口で軽く一礼するとそそくさとなかへ入り、壁際に座った。言葉通り、しのぶは陸の下着姿を一瞥しただけで別段気にした様子もなく、脳内で眼前に描いた仮想敵を相手に拳を振るい蹴りを放っている。自然に振る舞ってもらえてありがたい反面、こうも無反応だと自分は男として見られてはいないのではないかと、少しガックリしてしまう。

そして困ったことがもう一つ。

（うう、今日はしのぶ先輩のこと、まっすぐ見られないよ……）

額を汗に塗れさせて修練に励むしのぶの姿は健康美と共に仄かな色香をも感じさせる。道着の胸元からサラシに締められた膨らみがチラリと覗き、足を高く上げると共にスパッツに覆われているとはいえ股間が全開になるたび、普段以上にしのぶの女性としての魅力を意識してしまう。

まして今、陸は下がパンツ一枚。股間が膨らんでしまえば、隠すものが布一枚しかない状態である。陸は極力しのぶの女性を意識せぬようにと自分に言い聞かせるが、普段は自然とできていることが、今はかえって意識してしまい上手くいかない。

結局陸はしのぶの稽古が一段落するまで、悶々と煩悩と戦い続けることになるのだった。

陸が道場にやってきてから一時間半近くが経過したところで、しのぶはようやく動きを止め、呼吸を整えると、上座に向かって礼をする。稽古の終わりを示す所作に、陸もまたホッと胸を撫で下ろす。いつもは至福の時である見学の時間も、今日はひどく気を張って疲れてしまった。

「キミ、大丈夫か？　なんだか疲れているようだが。それに今日は随分と落ち着かない様子だったな」

タオルで汗を拭きながら、しのぶが陸のそばに近づいてくる。やはり不自然さは隠せなかったかと苦笑いしつつ、陸は笑ってごまかす。

「いえ、あの……やっぱりこの格好だと落ち着かなくて。しのぶ先輩の前ですし」

「ふむ、そうか。配慮が足りなかったな。いくら私が気にしないといっても、キミが気にするか。やはり私は、がさつでいかんな。こんなだから……」

そう自嘲気味に呟くと、しのぶは一瞬視線を落とした。修練に励んでいる際の自信に満ちた表情とはまるで違う、すっかり自信を失っている顔に、陸はドキッとして思わず声をかける。

「あの、しのぶ先輩？　どうしたんですか。なにか、気になることでも……」

陸が問いかけると、しのぶは陸の顔と道場の壁を何度か交互に見ながらしばしの間思案していた。やがて覚悟を決めたのか神妙な顔つきになると、しのぶは陸の前に膝を折って腰を下ろし、一つ咳払いをした。

「コホン。……実は、キミに相談があるのだが」

「は、はい。なんですか」

しのぶの真剣な表情に、陸も思わず居住まいを正す。

「うむ……その、実はな……」

しのぶにしては珍しく、なかなか本題に切りこめないでいる。頬を赤らめもじもじとしている様子が普段の勇ましさとのギャップであまりに愛らしく、陸の胸がキュンと疼く。

それでもしのぶは改めて腹を決めたのか、ギュッと拳を握ると陸の顔をまっすぐに見つめた。

「その……どうしたらキミのように動物に懐かれるのか、私に教えてくれないだろうか」

「へっ？」

その質問は、陸にとってまったく予想外のものだった。しのぶは真剣な表情で、ジッと陸の目を見つめていた。

「そっか。しのぶ先輩、動物好きだったんですね。フフッ」

「な、なにを笑う。私のような女が動物好きだと、おかしいというのか」

陸が笑みを漏らすと、しのぶは真っ赤な顔で食ってかかってくる。

「いや、おかしくなんてないですよ。ただ、しのぶ先輩も女の子なんだなぁって」

「ぬぐ……馬鹿にしているのか」

「だから違いますってば」

陸としてはしのぶが女性らしい面を見せてくれたことはまた一歩しのぶに近づけたような気がして嬉しいのだが、しのぶはからかわれていると受け止めてしまっているらしい。

「ということは、もしかしてお風呂場にあったウサギのスポンジも、やっぱりしのぶ先輩の物なんですか？」

「なっ⁉　……う、うぁ……不覚。私としたことが……」

耳まで真っ赤になるほど赤面したしのぶは、やがてガックリと肩を落とした。

「いいですよ、そんなに恥ずかしがらなくても。しのぶ先輩の動物好きには薄々気づいてましたし」

道場に通うなかで、陸は修練に励むしのぶの顔以外もチラホラと見かけていた。例えば庭にやってきた小鳥に餌をやったり、屋敷に迷いこんだ犬やネコに手を伸ばしたり。ただいずれの場合も、しのぶが近づくと動物たちは慌てて逃げてしまい、そのたびにしのぶは眉をわずかに震わせて立ち尽くしていたが。そしてそれが確信に変わったのが、先ほど子犬を助けた際にしのぶが見せたかすかな笑顔であった。

「くっ。すでに気づかれていたとは……私もまだまだ修行が足りんということか」

「そんな、全力で隠さなくても」

「……わかった。キミがすでに気づいているなら、私も正直に打ち明けよう。……確かに私は、動物が好きだ。他にも、その……か、かわいらしい物が、好きだったりする……。だ、だがっ。私が動物たちに手を伸ばすと、決まって皆、怯えたように逃げ去ってしまうのだ」

訥々《とつとつ》と語っていたしのぶが、ギリッと唇を噛む。

「だがキミは、私と違ってとても動物たちに懐かれているだろう。あの子犬もそうだし、昼休みには外のベンチでたくさんの犬やネコに囲まれている」

「えっ。なんでそれを。もしかして、見てたんですか」

「あ、いや、たまたまだ。たまたま」

「……あ。もしかして、今日ネコ缶を投げてくれたのって、しのぶ先輩じゃ……」

「な、なんのことだ。私はなにも知らないぞ」

そう言うと、しのぶは顔を赤らめたままプイと横を向いた。修練に励んでいる際の平常心はどこへやら、しのぶは嘘が下手だった。

「と、ともかくだっ」

しのぶがそむけていた顔を戻して再び向き直り、ずいと前に出る。その瞬間、道着の胸元から乳房の谷間が覗いて、一瞬視線が釘付けになるが陸は慌てて引き剝がす。

「私も、その……動物たちに、懐かれたい……いや、せめて嫌われぬようになりたいのだ。少しばかり撫でても、逃げられぬくらいには……。だからっ。キミに、動物たちに懐かれるコツを、教えてほしいのだ」

「コツ、ですか……う～ん……」

しのぶは真剣な表情で、まっすぐに陸の顔を見つめている。その想いになんとか応えたい、とは思うものの、別段意識して動物たちに接しているわけでもないので自分でもよくわからなかった。

「正直、自分でもよくわからないんです。なんで僕が懐かれるのか。別に特別動物好きってわけでもないんですけど、昔からなぜか周りに集まってきて。なので、申し訳ないんですけど、教えられるコツが思いつきません」

「……そ、そうか……ハァ」

陸の答えに、しのぶがガックリと肩を落とす。そのあまりに落胆した表情に、陸の胸がギュッと締めつけられる。

「……キミが動物たちに好かれるのは、一種の才能なのだろうな。そして私は、どうやらその才能を持ち合わせていないようだ。……すまなかったな、つまらぬことを聞いて。このことは、忘れてくれ」

　しのぶは寂しげにうっすらと微笑むと、諦めようと割りきったのか、表情を消して立ち上がろうとした。その瞬間、せっかくわずかに繋がったと思ったしのぶの心へ架かる糸が今にもプツリと切れてしまう気がして、陸は思わず立ち上がりかけたしのぶの手を握っていた。

「ま、待ってください、しのぶ先輩」

「ん？　どうした。先ほどの話はもう気にしなくてもいいんだぞ」

　しのぶはすでに今の話をなかったこととして片付けようとしている。今なんとかしなくては、もう二度としのぶと心が近づく機会はやってこないかもしれない。そんな強迫観念に駆られた陸は、咄嗟に脳をフル回転させる。そして導き出した答えは。

「あ、あのっ。確かに自分では理由はわからないんですけど、僕が動物を撫でてやると、みんな妙に気持ちよさそうにするんです。だから、その……しのぶ先輩が、動物の立場になってみるっていうのはどうでしょう」

「私が、動物の立場に？」

「は、はい。その、先輩が動物になりきって、僕に撫でられてみれば、なにかわかるかもしれないなって……す、すみません」

　突拍子もないことを言ってしまったと、陸はしのぶの手を放し、俯いてしまう。これではまるで下心丸出しではないかと、自分で自分が情けなく思える。

だが、それを聞いたしのぶの反応は、陸の予想とは異なるものだった。

「……ふむ、なるほど。一理あるな」

「えっ、ええっ？」

驚く陸をよそに、立ち上がりかけつつ陸に握られた手をしばし見つめていたしのぶは、やがて再び膝を折り陸の前に正座する。

「わかった。キミの言う通り、私自身がキミの手を体験してみよう。確かに言葉で説明されるよりも、身体で覚える方が私の性に合っているからな。キミの手を通して、感じるものもあるかもしれない。さあ。私をあの子犬だと思って、撫でてみてくれないか」

「そ、そんな……い、いいんですか？」

「無論だ。いいもなにも、私の方からキミへ頼んでいるのだから。さあ」

ためらう陸とは逆に、しのぶはズイと前に出る。途切れるのが怖くて思わず手繰《たぐ》り寄せたしのぶとの間の糸は、思わぬものへと繋がっていた。陸はゴクリと唾を飲みこむと、ソロソロとしのぶの頭へ右手を近づけていった。

おずおずと右手を差し出した陸は、しのぶの頭の上に手のひらをポフッと乗せる。その瞬間手のひらに広がる、絹糸のように艶やかな黒髪の感触。加えて、先ほどまで激しく動いていたために、頭皮からうっすらと汗の濡れた感触も伝わる。

（うわ……髪の毛、スベスベだ。それに、肌が少し火照ってる……）

陸はしのぶの頭に乗せた手を、小さく前後に動かす。髪の毛の感触が手のひらをサワサワと撫で、なんとも心地よい。

「ど、どうですか、しのぶ先輩」

「……ふむ。頭を撫でられるなど、子供の頃以来だからな。なんだか気恥ずかしいが、いやな気持ちはしない。さあ、もっと撫でてみてくれ」

なにかをつかもうと懸命なしのぶは、まっすぐな眼差しで陸を見つめる。しのぶとの肌の触れ合いに少なからず邪な感情が生じてしまっている陸には、そのまっすぐな視線を受け止め続けるのは少々酷であった。

「し、しのぶ先輩、そんなにじっと見られていたらやりにくいですよ」

「ん？　そうなのか？」

「はい。子犬だって、頭を撫でてやると目を細めますし。よければ、目を瞑っていてもらえませんか」

「そうか。わかった。キミの言う通りにしよう」

しのぶは陸の言葉を疑いもせず、素直にスッと両目を閉じた。根が素直なのか、それとも陸を信頼してくれているのか。いずれにせよ、今、陸の目の前には憧れの年上の美少女が無防備に両目を閉じて座り、陸の愛撫を待っているのだ。

そのなんとも背徳的な状況に、陸は思わずゴクリと唾を飲みこむ。気づけば陸の分身は、トランクスを押し上げんばかりにムクムクと肥大していた。しのぶに目を閉じてもらったのは違う意味でも功を奏したようだ。

（な、なにを考えてるんだ僕は。しのぶ先輩は僕を信頼してくれてるんだから、変なこと考えちゃダメだ。そう、今のしのぶ先輩は子犬と一緒なんだ……しのぶ先輩は、かわいい子犬……今は、僕のペット……）

邪な気持ちを抱かないようにと自身に暗示をかけていた陸であったが、その暗示は無意識のうちにかえって妖しい方向にずれ始めてしまう。湧き上がる劣情を抑えきれぬまま、陸は再び右手を動かし始める。

「……ん……ふぁ……」

陸の手のひらが優しく髪を撫でるたびに、引き結ばれたしのぶの薄い唇からかすかな吐息が漏れる。愛撫が数を重ねるごとに、その吐息は熱く、甘く湿ってゆく。

「どうですか、しのぶ先輩……気持ち、いいですか……？」

すっかりしのぶの黒髪の感触に酔いしれた陸は、頭頂部だけだった手の動きを徐々に広げながら、しのぶの耳元に熱くなった吐息を囁きかける。

「あ、ああ……。なんだか、身体が火照って、熱くなってゆく。身体の芯が、ゆっくりと蕩け出してゆくようだ……。キミの手は、不思議だな……」

耳元に熱い吐息を吹きかけられピクピクッと肢体を震わせながらも、しのぶは安らいだような柔らかな声音でそう答える。満更でもないしのぶの反応に、陸の手はますます大胆になる。背中まで伸ばされた長く艶やかな癖のない黒髪を、陸はかわいがっている子犬の背を撫でるように、何度も何度も優しく撫で下ろしてゆく。

「しのぶ先輩の髪、サラサラしててとても気持ちいいです。ずっと撫でていたくなるくらい……」

「そ、そうか。そのようなことを言われたのは……ふぁ……は、はじめてだ……」

陸は正座するしのぶの前に膝立ちになると、抱きかかえるように両手を回し、右手でしのぶの頭から背中まで伸ばされた黒髪を何度も撫で下ろしてゆく。陸の興奮にあてられたか、しのぶは陸の腕の間でピクッ、ピクッと肢体を小刻みにもじつかせる。

いつしか陸はしのぶの黒髪の艶やかさにすっかり酔いしれ、その目はすっかり欲情に蕩けていた。陸はしのぶの髪の上から手を放すと、その手をピトッとしのぶの頬へと重ねた。

「ひあっ」

その瞬間、思わず漏れ出たしのぶの愛らしい小さな悲鳴。あの強く格好よいしのぶが垣間見せた少女の素顔に、陸はゴクリと唾を飲みこむ。

「……しのぶ先輩。頬、撫でていいですか。子犬を撫でるように、優しく……」

そう尋ねつつも、陸の手はすでにゆっくりと動き出していた。興奮に汗ばんだ手のひらが、しのぶの上気した頬を優しくじっくりと撫で回してゆく。

「んっ、んあぁ……。そ、そうだな。子犬にも、していることだものな……。わ、わかった……子犬にするように、私を……撫でてくれ……」

しのぶは生まれて初めて味わう全身がカァッと火照る感覚に内心戸惑っていたが、それでも子犬への愛撫を引き合いに出されると、陸の手を拒むことはできなかった。いやむしろ、この心地よい愛撫を受け続けていたいと本能が求めているだけに、子犬にする愛撫と同じ、という陸の言葉はしのぶにとっても都合のよい免罪符となっていたのだ。

いつしか陸は両手でしのぶの頬を包みこむように触れ、じっくりじっくりとその化粧っけのまるでない、しかし珠のように美しい素肌を撫で回す。親指と人差し指で柔らかな頬をふにふにと軽く揉み立て、流麗な顎のラインを手のひらでそっと撫で擦り、白く美しい喉と首筋をサワサワとくすぐる。

「んく、ふぁ……んあっ、はあぁ……」

しのぶは両目こそ懸命に閉じてはいるものの、陸がひと撫でするたびに身をよじり、スパッツに包まれた太股をクネクネともじつかせ、小鼻をヒクつかせてうっすらと開いた唇から艶かしい吐息を漏らしてしまう。

しのぶの素肌の感触を両手でたっぷりと味わいながら、陸は理性が薄まり欲情に潤んだ目でしのぶを見つめていた。普段は長身のしのぶに見下ろされる立場だが、こうして膝立ちになって正座したしのぶと相対すると、しのぶを見下ろす形になる。しのぶのあのクールな美貌を愉悦に蕩けさせ、なおかつそのしのぶを上から見下ろしている。想像すらしたことがなかった刺激的すぎる光景が眼前に広がり、陸は獣欲を歯止めが利かぬほどに燃え上がらせる。そして。

（……キス、したいな）

陸の心のなかで一つの思いが生まれ、やがて意識がそれにすべて凝縮されてゆく。

（キス、してもいいかな。いいよね。しのぶ先輩は、自分を子犬だと思ってかわいがってみてほしいって言ったんだし。かわいいペットには、チュウだってしちゃうのが普通だよね。そうだよ。今のしのぶ先輩は、僕のかわいいペットなんだ、たくさん、かわいがってあげなくちゃ……）

すでに陸の脳裏からは、まともな判断能力は失われていた。頭を回転させても導かれるのは自らに都合のよい理由付けだけ。そしてその陸の判断を肯定するように、間近に近づいた顔に吹きかかる、熱く湿ったしのぶの吐息。

「しのぶ先輩……。キス、しますね……」

そして陸は、しのぶの返事を待たず、衝動のままにしのぶの唇に唇を重ねていた。

「んむ、むむぅっ!?」

突然の感触に、しのぶは閉じていた目を大きく見開いた。すると眼前には、自分を慕ってくれる少年のうっとりと酔いしれたような顔が広がっている。そして唇に広がる、熱く柔らかな感触。

(わ、私は……接吻《せっぷん》を……キスを、されているのか……?)

予想だにしていなかった事態に、しのぶは激しく動揺する。だがその間も、陸の唇はチュパチュパとしのぶの唇を吸い立てる。

「しのぶ先輩の唇……すごく柔らかくて、気持ちいいです……それに、ほんのり甘い……チュパ、チュウゥ……」

「んむうぅ……むふぅ、ふむうぅんっ……」

重ねただけでは我慢できなくなったのか、何度もしのぶの唇に吸いついてはチュパチュパと音を立てて吸引する陸。すっかり動転しているしのぶは、陸を払いのけることもできず、たださされるがままになっている。

(あぁ……唇が、熱い。ジンジンと痺れて、疼き出す……。これが、接吻……)

もちろんしのぶにとって初めての接吻であったが、修行に明け暮れているしのぶにとって色恋沙汰など遠い世界の話でしかなく、接吻についても今の自分には縁のないものとばかり思っていた。それゆえ、唐突に訪れた初めての接吻は、あまりに現実感に乏しいものだった。

「んむ、ぷあぁ……。キ、キミは……い、いいのか？　私などと、キスをして……」

だからこそ、しのぶは自分のことよりも目の前の少年のことを心配してしまう。この子はどうして、無骨な自分などと接吻をしているのだろう。はたして自分が相手でよいのだろうか、と。

「も、もちろんですっ。僕、しのぶ先輩とキスしてるなんて、夢みたいで……。あ、ああっ。いや、これはその、違うんです。これはあの、ペットへの愛情表現と一緒で……キスだけど、キスじゃないっていうか……」

「そ、そうか。動物への愛情表現と、一緒なのだな。す、すまないな。こんなことまでさせてしまって」

「い、いえっ。むしろ嬉しいっていうか、その……」

その接吻が動物への愛情表現の再現と聞かされて、しのぶはどこかほっとして胸を撫で下ろし、それでいてチクリと胸の奥が痛んだような気がした。

「しのぶ先輩、それじゃその……続き、しますね」

妙な間が空いてしまったため、陸は唇へのキスをいったん諦めると、それがペットへの愛情表現と同一であることをことさら強調するかのように、チュッチュッとしのぶの顔にキスの雨を降らせ始めた。

「んっ、ふあぁっ……そんなところにまで、接吻を……」

「ええ。たくさん、チュウしますね。かわいくて仕方がない子犬にするみたいに、いっぱい……チュッ、チュゥッ……」

頬に、鼻の頭に、瞼に。陸はどさくさ紛れにしてしまったキスを正当化するかのように、しのぶの美貌へしゃにむにキスを浴びせ続ける。しのぶはそれを、再び目を閉じ、黙って受け入れた。

その気になればこの少年など、一撃で払いのけることができるはずだった。しかしどういうわけか、手も足も、少年に向かって振り上げられることはなかった。それはしのぶ自身が、懸命にキスを繰り返すこの少年に嫌悪感を抱けず、それどころか自分のために必死になっている姿に愛おしさすら感じてしまっているからに他ならなかった。

「んあ、ふあぁぁ……顔が熱い、火照る……これが、キミにかわいがられた動物たちの……感覚……」

「まだまだ、こんなものじゃないですよ……だってしのぶ先輩は、僕がこれまで撫でてきた動物たちなんかとは比べ物にならないくらい、かわいすぎるから……だからもっと、もっとかわいがってあげたいっ……チュパッ、ムチュチュ、チュチュゥ〜ッ」

　陸は汗に濡れたしのぶの額の白いハチマキを指でずり上げると、その形よい額に思いきりムチュゥッと吸いつく。さらにそのまま唇をスライドさせ、しのぶの顔じゅうをジュパジュパと音を立ててついばんでゆく。

「くふあぁぁっ。そ、そんなに強く吸いついては、あとがついてしまう……」

「あと、つけちゃいますね。しのぶ先輩が僕のペットだって証拠を、顔じゅうにつけちゃいます」

「そ、そんな……私を本当に、キミのペットだと……ふぁっ、はひぃんっ」

　キスをしのぶに咎められなかったことで、陸は完全に欲望のストッパーが外れてしまっていた。きつく抱きしめられながらほっぺたを吸い立てられ耳たぶまで吸い上げられて、しのぶは自分が本当に少年のペットと化してしまったような錯覚に陥り、ピクピクと肢体を震わせ甘ったるい鳴き声を上げてしまう。

　陸の濃厚なついばみが一周した頃には、しのぶの顔のなかで熱を持っていない場所は、最初の接吻以来避けられていた唇だけとなっていた。気づけばしのぶは無意識のまま、半開きになった唇をついと突き出した、まるで接吻を待ちわびているかのようなはしたない表情を晒してしまっていた。

　陸は興奮にゴクリと唾を飲みこむと、しのぶをギュッと抱き寄せる。と同時に、極度の興奮にはちきれんばかりに膨れ上がった肉棒がトランクスをずり下げボロンとまろび出る。そしてそのまろび出た怒張は、抱き寄せられわずかに腰を浮かせたしのぶの、ちょうど股座にピトッと収まった。

（な、なんだ。股に、熱くて硬い物が……）

　目を閉じている分、感覚は鋭敏になり、しのぶは自然とスパッツ越しに股間に押し当てられたものに意識を集中してしまう。だがその正体をはっきりさせる前に、陸が次の行動に出る。

「しのぶ先輩。これが、最後です。舌と舌で、思いっきり舐め合いましょう。それが最高のスキンシップです」

「し、舌と舌で……」

「はい。テレビで有名な動物博士がやってるの、見たことあるんです。僕自身は動物としたことはないけど、しのぶ先輩となら……」

　陸の意識は、しのぶの唇と、その隙間からわずかに覗く赤い舌に集中していた。その集中ぶりは、トランクスからまろび出てスパッツ越しにしのぶの股間に密着している肉棒の感覚すら二の次になるほどだ。それほどまでに陸は、しのぶの唇と舌を狂おしいほどに欲していた。

「……わ、わかった。キミに、すべてを任せる……」

しのぶは未体験の状況に動転しつつも、おずおずと頷き陸の提案を受け入れた。未知の出来事を他者に誘導されて体験してゆくなど、小さな子供時分以来かもしれない。そしてしのぶを誘導する少年は、普段は頼りなく見えるのに、今はなんとも頼もしい。しのぶをガッチリと抱きしめているその腕は、しのぶよりも遥かに筋量で劣るはずなのに、今のしのぶにはまるで振りほどけそうになかった。

「それじゃ、しのぶ先輩……いっぱいしましょうね……ベロチュウを」

陸はしのぶの顎に手をかけわずかに上向かせると、覆いかぶさるように唇を塞ぎ、そして舌をしのぶの唇の隙間に割りこませた。

「んむむっ……ふむぅぅ～っ！」

塞がれた唇の隙間からくぐもった声が漏れ、しのぶはビクビクッと肢体を震わせる。熱くぬめった舌が口内をネトネトと這い回る感触は、なににも形容できない、生まれて初めて味わう感覚であった。

「チュパッ、ジュパッ……チュウゥッ……しのぶ先輩の唾液、ほんのり甘くて美味しいです……それに……レロッ……ベロッ、ベチョォッ……口のなか、熱くてネトネトで、気持ちいい……」

「むぷっ、ぷあぁっ……そ、そのようなこと……はむっ、むふぅぅんっ……」

　陸の淫らな物言いに思わず否定の言葉を口にしようとしたしのぶだが、それごと陸はしのぶの口を塞ぎ、ジュパジュパと卑猥な音を立てて吸い立て呑みこんでしまう。しのぶはピクピクと肢体を震わせながら、陸の望むがままに口内を蹂躙されていた。

「チュパチュパッ、ブチュチュッ……しのぶ先輩。舌、伸ばしてください……ベチョベチョって、たくさん舐めてあげます……」

「んくっ……ふあぁ……。……れ、れろおぉ～っ……」

　陸の妖しい囁きにゾクゾクと背筋を震わせ、それでもしのぶはその言葉に従ってしまい、口内で怯んで丸まっていた舌を命じられるがままにおずおずと伸ばす。

　すると陸の舌は嬉しそうにしのぶの舌に絡みつき始め、上下左右からネチョネチョとまとわりつきねぶり回してゆく。

「んぷあぁっ!?　ひぁっ、ふあぁぁっ」

「しのぶ先輩……かわいいです、かわいすぎますよ……いっぱいペロペロしてあげますからね……ベロッベロッ、ベチョベチョ、ヌチュヌチョォ～ッ」

「はひっ、きゃひぃんっ！　ひたが、ひびれっ……んぷ、ぷあっ……ピチョ、ネチャ……きゃふうぅ～んっ」

　己の舌がこれほどまでに敏感な感覚器だったことを、しのぶは今初めて思い知らされた。陸のぬめった舌が己の舌の表面を這いずるたび、ピリッ、ピリッとなんとも言えぬ感覚が脳天を突き抜け、そして全身にじんわりと広がってゆく。

加えて陸から投げかけられ続ける、かわいいという言葉。幼少の頃すら数えるほどしか受けたことのないその形容を、一生分を遥かに超えるほど浴びせられ、しのぶの胸は熱く疼きすぎておかしくなってしまいそうだった。

夢中になってしのぶの唇を吸い立て、舌をねぶり回す陸。いつしか興奮のあまり陸の腰は無意識のうちにガクガクと暴れ出し、いきり立った肉棒はスパッツ越しにズリズリとしのぶの秘唇を何度もなぞり上げる。

口内から広がる蕩けるような濃厚な接吻の感触に加え、擦り上げられた股間からジンジンと熱い疼きが伝播し全身に広がってゆき、しのぶはすっかりなにも考えられなくなり初めての愉悦に酔いしれた。

そしてとうとう、陸の欲情が頂点を迎える。陸はガクガクと腰を振りながら、しのぶの後頭部に右手を回すと逃れられないようにガッチリと押さえ、おずおずと伸ばされたしのぶの舌を思いっきり吸い上げる。

「くあぁっ。し、しのぶ先輩っ！　ジュパッジュパッ、ブチュチュッ、ジュルルル～ッ」

下品に音を立てつつ口内の唾液を吸い尽くさんばかりに強烈に吸い立て、そして最後にしのぶの舌をコリッと甘噛みした瞬間、しのぶの舌に溜まっていた接吻の快楽が勢いよく弾け、口のなかはおろかしのぶの全身に激しく広がってゆく。

「むぶっ⁉　んぷっ、くひぅぅぅ〜〜っ‼」

それは、しのぶが初めて味わった絶頂であった。爆発的な快感が舌から弾け、しのぶは閉じていた両目を大きく見開きしばたたかせて、全身をガクッガクッと痙攣させる。その衝撃は下腹部に溜まっていた官能をも誘爆させ、子宮がキュウキュウと妖しく蠢き、そして膣奥から透明な淫蜜がプシャッと勢いよく噴射する。

「んむむっ、ぷあぁぁっ。あひっ、くひぃぃぃぃーーんっ‼」

普段のクールな装いからは想像もつかないような甘ったるい牝鳴きを上げ、しのぶはビクビクッと肢体を震わせる。膣奥から噴き出した熱い飛沫が、黒いスパッツをしとどに濡らし、それでも収まらずに密着した肉棒にプシャプシャと噴きかかる。しのぶは接吻で絶頂し、潮を噴いてしまったのだ。

陸もまた、爆発寸前の肉棒に熱い潮を浴びせかけられ、ブルブルッと腰を震わせる。陸は無意識にスパッツ越しに秘唇へ亀頭を押しつけながら、とうとう自らの肉欲を解き放つ。

「しのぶ先輩っ、ジュルジュルッ、ジュパッ、くうぅっ！」

「んくあぁぁっ⁉　あ、あついぃぃ……」

スパッツ越しに秘唇へめりこんだ亀頭は、ビュクッビュクッと勢いよく精液を噴射し始める。すでに愛液で濡れそぼった黒い薄布に白濁がこってりとへばりつき、ジクジクと浸食してしのぶの秘所を官能の熱で炙ってゆく。

陸はその体勢のまま一滴残らず精液を吐き出し、しのぶは唇を塞がれながら秘唇を布越しにジクジクと焼かれ、絶頂のとろ火に炙られ続けてくぐもった牝鳴きを漏らすのであった。

どれくらいの時間、そうしていたであろうか。長い長い射精を終え、陸はしのぶの唇を甘やかにチュパチュパと吸い立てながらこれまで味わったことのない強烈な絶頂の余韻にしばし浸りきっていた。だが、ゆっくりと快感が引き始めると共に、陸は徐々に理性を取り戻してゆく。

「んむ、チュパッ……しのぶ先輩………ハッ!? ぼ、僕……ああっ!」

やがてハッと我に返った陸は慌ててしのぶの身体を離し、そして自らの暴走に愕然とする。

「し、しのぶ先輩っ、あの、その、僕っ……」

もはやなにから謝ってよいかわからず、陸はパニックになってしまう。だがその一方で、しのぶはいまだに絶頂の余韻に浸ったまま、瞳を潤ませてぼんやりと虚空を見つめていた。

「……あ……もう、終わったのか……？」

陸が身体を離してからしばらくして、しのぶの脳はようやく再び働き出す。いまだ舌の根の痺れが取れないのか、いつものはっきりとした物言いではなく語尾にかすかな甘さを残したまま、しのぶはぼんやりと陸を見つめつつ問いかける。

「は、はいっ。あの、その……ご、ごめんなさいっ」

陸はいたたまれずに、ただただ頭を下げる。しかししのぶはぼんやりとした顔でそんな陸を不思議そうに見つめ、小首を傾げる。

「どうして謝るのだ？　それにしても……ふう。少々疲れてしまった。風呂に入ってきてもいいだろうか」

「えっ。は、はい、もちろん」

「そうか。では、少し失礼する」

しのぶはそう言うと、ゆっくりと立ち上がり、スパッツを白濁でベットリと汚したままフラフラと道場を出ていった。

叱られ、なじられることを覚悟していた陸は、道場に一人残されてしばし呆然としていた。だがやがて我に返ると、いったん道場を出て、屋敷の玄関に置かせてもらっていた学生カバンを取りにゆく。そしてカバンを手に道場へ戻ると、なかからポケットティッシュを取り出し、汚れてしまった道場の床をゴシゴシと拭き取る。そこには先ほどまでのことが夢ではないと示すかのように、陸の精液としのぶの愛液が、べっとりと大量に付着していた。

四つん這いになってそれらをティッシュで必死に拭き取った陸は、やがてすべてを拭き取り終えても、自らの行為に愕然としその姿勢のまましばし立ち上がることができなくなってしまうのだった。


頭に靄がかかったようにぼんやりとしたまま浴室までやってきたしのぶは、まずはグローブを外し、額に巻いたハチマキを解く。次いで帯を外し道着を脱いで、乳房を締めつけるサラシも外すと、それから汗で腿に貼りついたスパッツをゆっくりとずり下ろしてゆく。そしてスパッツを脱ぎ終えたところでようやく布地に付着している白濁に気づき、小首を傾げた。

「……ん？　これは……」

しのぶは人差し指でそっとその白濁を拭うと、指先を鼻に近づけスンスンと匂いを嗅いでみる。その途端立ち昇る、濃密な精臭。

「くひぅっ！　な、なんだ……？」

鼻の頭がジーンと痺れ、しのぶは思わず腰砕けになり、その場にペタンとへたりこんでしまう。そしてしのぶはそのまま、靄のかかった記憶を再びたぐり寄せてゆく。

「……これは……精液、か？　あの子は……私との接吻で、射精、してしまったというのか……」

あの時、自らが絶頂を迎えたと同時に、股座に押しつけられた熱い塊からじっとりした粘液が浴びせられた。多くはない性知識を当てはめてゆくと、やはり彼はしのぶと接吻し、そして射精したということになる。だが、射精とは性交の果てに行きつくものだと思いこんでいたしのぶには、接吻による暴発というのは理解できない事実であった。理解の範疇《はんちゅう》を超えたといえば、そもそも接吻によりあれほどの強烈な感覚が生じるということ自体も、しのぶにとってはまさしく青天の霹靂《へきれき》であったのだが。

わからないことだらけではあったが、しのぶはひとまず洗面所でスパッツに付着した白濁を軽く洗い流し、脱いだ下着と共に脱衣籠へ放りこむ。

そして浴室へ入るとシャワーの蛇口を捻り、頭から熱い湯を浴びて身体を覆う気だるい疲れを洗い流していった。

艶やかな黒髪にたっぷりと湯が染みこむまで浴びると、しのぶは浴室用の小さな椅子に腰かけ、しばしぼんやりと物思いに耽る。と、視界の端に、ウサギの顔の形をしたスポンジが目に入った。

「……あの子に、知られてしまった……」

改めてその事実を思い返すと、羞恥のあまり耳まで真っ赤になってしまう。かわいらしいキャラクターや愛らしい動物が好きだという、ずっと誰にも秘密にしていた事実。それを、あの少年に知られてしまった。

ちなみに修行一筋の厳格な父は、しのぶが軟弱な物を集めるのをよしとしなかった。そのため、こういったキャラクター物をわずかではあるが手元に置くようになったのは、三年前に父が修行の旅へと出かけて以降のことである。ゆえに唯一の肉親である父すらもしのぶのこの秘密は知らぬはずだった。

「むぅ……困ったな。これからどんな顔であの子の前に出ればよいのか……」

しのぶはスポンジに手を伸ばすと、気恥ずかしさを紛らわすようにウサギの顔が変形するまでギュッと握り潰し、そのまま石鹸をつけると身体をゴシゴシと磨いてゆく。そうして手早く全身を洗うと、次はシャンプーを泡立て、いったん頭のなかをリセットするかのようにわしゃわしゃと頭を洗う。それから髪をすすぎ、そして逃げるように湯船のなかへと鼻まで浸かった。

ブクブクと口で水泡を作りつつ、しのぶは改めて陸のことを考える。あの少年が自分に憧憬の眼差しを向けていることはわかっていた。軟弱な一面を見せてしまい、彼は呆れてしまっただろうか。

いや、そんなことはないだろう。彼はしのぶの願いを聞き入れ、親身になってしのぶの悩みを考えてくれた。そして、あのような濃厚な接吻を……。

再び耳まで赤くなり、しのぶはザブンと湯船のなかにもぐる。そして頭のてっぺんまで湯に浸かりながら、もう一度考える。もう何年も、他者から自分に向けられるのは畏怖の視線だけだった。そんなしのぶに陸は憧憬の眼差しと、そしてあの瞬間、情熱的な視線を向け、その唇を貪ったのだ。

「…………ぷはっ」

再び湯から顔を出すも、しのぶの考えはまとまらなかった。ただ一つわかっているのは、陸に子犬のようにかわいがられ、そしてスキンシップというには少々いきすぎた行為を受けていたあの瞬間、しのぶの胸に広がっていたのは不快感ではなく、なんとも安らぎ、それでいて身体の芯まで熱くなるような感覚であったということだ。

もし凌辱者に同様に迫られようものなら、指一本すら触れることを許さず叩きのめす自信がしのぶにはある。しかしあの時、魅入られたように指一本すら抵抗のために動かせなかったことを考えれば、しのぶの身も心も、あの少年を受け入れていたということなのだろう。

「……いかん。少々長湯をしすぎたようだ。あの子を待たせてしまっているな」

しのぶはプルプルと首を横に振ると、湯船からザバッと立ち上がる。結局考えはまとまらなかったが、もう一度あの少年の顔を見れば、なにかわかるかもしれない。そう考え、ひとまず風呂から上がることにした。

だが、浴室を出たしのぶが夜着の浴衣に身を包み道場へ向かうと、すでにそこに陸の姿はなく、その代わりに『お先に失礼します。今日はすみませんでした』と記された書き置きが残されていた。庭を見ると、干していたはずの学生ズボンもなくなっている。おそらくまだ生乾きであるはずなのに、穿いて帰ったのであろうか。

複雑な思いを抱きつつも、考えてみれば少年の自宅はおろか電話番号すら知らないしのぶには、成せることはなにもなかった。仕方なくしのぶは道場を後にし夕食の準備を始める。そして夕食後、普段は食休みの後に就寝前にもう一稽古するのが日課なのだが、今夜は取りやめにし早々に床に就くことにした。

しかしこの夜、しのぶはなかなか寝付くことができなかった。瞳を閉じれば浮かんでくる、あの熱い唇の感触。しのぶは何度も寝返りを打っては浴衣の下で太股をもじつかせ、火照った身体でまんじりともせず長い夜が明けるのをただただ待ち続けたのだった。

第二章 鍛えられたカラダが発情中

しのぶと陸が、動物へ慣れるための特訓から、いつしか初めての接吻をしてしまった、その翌日。しのぶはこの日も、早朝から日課である朝稽古に励んでいた。しかし、その拳も蹴りも、今朝は明らかにキレがない。見る者が見れば、しのぶが心ここにあらずであることが丸わかりであろう。

そしてその原因は、今朝はまだ姿を見せていない陸にあった。陸と知り合い道場の見学を許可してから、彼が道場に姿を見せなかったのはこれが初めてだった。

もっとも今日は休日であったし、陸はたまの休日にゆっくりと睡眠を楽しんでいるだけなのかもしれない。だが、陸がもし今朝姿を見せなければ、自分からは連絡の取りようがないしのぶは陸の顔を見るのを明日まで待たなければならず、今日一日、落ち着かない時を過ごすことになるだろう。それに、もし今日陸が姿を見せなければ、あの少年はもう二度とここにやってこないのではないか、という予感がしていた。そうして身の入らぬ稽古を続けるうちに、時間は刻々と経過する。締めの型を行いながらしのぶが落胆のため息を漏らしかけたその時、道場の入り口がコンコンとノックされた。

「だ、誰だ？」

「あ、あの……夏木です。遅くなりました」

「う、うむ。は、入るといい」

思わず声が上擦りそうになり、しのぶは冷静な振りを装い、扉の向こうの陸に声をかける。扉が開くと、そこにはいつもの学生服姿ではなくTシャツとジーンズというラフな格好をした陸が、どこか神妙な面持ちで立っていた。

本来なら締めに入るところであったが、しのぶは十五分ほど前の時点に遡《さかのぼ》り、もう一度修練をやり直す。陸は道場の脇に座り、まっすぐにしのぶを見つめている。

気づけばしのぶの突きも蹴りもいつもの切れ味を取り戻しており、しのぶは心の靄を払うように意識を集中させて修練に没頭するのだった。

「ハッ！　…………ふう」

最後に鋭い上段蹴りを放ち虚空を切り裂くと、しのぶはビッと構えを取り、数瞬後

を迎えた。

に構えを解くとゆっくりと呼吸を整える。そして上座に一礼し、本日の朝稽古は終了

「お疲れ様です、しのぶ先輩」

立ち上がった陸が、手にしたタオルを手渡してくれる。

「うむ。ありがとう」

しのぶはタオルを受け取ると、額の汗を拭き取り、黒髪の滴りを丁寧に拭っていった。

そして、しばし流れる沈黙。しのぶは陸にどう声をかけてよいかわからず、その顔を直視することもできなかった。

「……あの、しのぶ先輩。お話があるんですが……聞いてもらえますか？」

先に沈黙を破ったのは、陸であった。陸は真剣な表情で、しのぶの顔をまっすぐ見つめている。

「あ、ああ。かまわないぞ」

その真剣な顔に少しどぎまぎしつつ、しのぶは頷くとその場に膝を折る。陸もまた向かい合うようにその場で正座する。そして次の瞬間。

「しのぶ先輩……昨日は、すみませんでしたっ」

陸はその場に伏せ、頭を下げた。突然のことに、しのぶは面食らう。

「ど、どうしたのだ突然。頭を上げてくれ」

「いえっ。昨日は、しのぶ先輩が僕を信頼して相談してくれたのに、僕はしのぶ先輩を騙すような形であんなふうにキスして……それにその、もっとひどいことまで……。謝って済むことではないですけど、本当にごめんなさいっ」

陸は両目をギュッと閉じて、道場の床に伏せている。その身体が小刻みに震えているのを見れば、少年が相当思い詰めているであろうことは手に取るようにわかった。

そんな陸を見て、しのぶはしばし思案し。そして一つ息を吐くと、ゆっくりと口を開く。

「ふう……。キミは、最初から私を騙して、せ、接吻するために、あのような提案をしたのか?」

「ちがいますっ。最初は、そんなつもりじゃなくて。ただ、目を閉じてじっとしている先輩を撫でていたら、だんだん自分がおかしくなっていって。あの瞬間、しのぶ先輩は僕のペットで、その先輩を思いきりかわいがりたいって思ったら、自分が抑えられなくなって……」

「……なら、それでよいではないか。あの瞬間、確かに私は、キミに撫でられかわいがられている動物たちの気持ちを、少しではあるがわかった気がする。私が頼んでキミにしてもらったことだ。キミが気に病むことなどなにもないのだ」

「しのぶ先輩……でも……」

　自分でも少々不思議ではあったが、しのぶは昨日から今に至るまで、陸の行為に戸惑いは覚えても怒りを抱いたことは一度もなかった。ならば、陸が必要以上に責任を感じ気に病む必要はない。しのぶはそう考えたのだ。

　だが、陸の方はそれでは罪悪感を拭いきれないらしく、いまだ表情が晴れない。ならばと、しのぶは陸に一つ提案をする。

「では、そうだな。キミには、これからも私の悩みの解決に協力してほしい。それで昨日のことは水に流すとしよう。それでよいかな」

「えっ？　そ、それって……ま、またキスをしても、いいってことですか……？」

「なっ!?　ち、ちがう。そうではないぞっ。……も、もっとも、キミが本当にそれを必要なことだと思っているのなら……私も、キミの指示に従うが……」

　自分では上手い落としどころだと思ったのに、違った意味で捉えられてしまい、しのぶは慌てて首を振る。照れたしのぶの顔という珍しいものを見た陸は、嬉しそうに笑い、そしてコクンと頷いた。

「わかりました。これからも、お手伝いさせていただきます。でも、その前に、しのぶ先輩に伝えておきたいことがあるんです」

　陸は伏せがちだった顔を上げると、再び真剣な表情でしのぶをまっすぐに見つめる。

「う、うむ。な、なんだ……？」

　陸の真剣な表情に、しのぶも改めて居住まいを正し背筋を伸ばす。

「あの……あんなことをしてしまってからこんなことを言い出すなんて、自分でもあべこべだとは思うんですけど、でもきちんと言わないと自分に整理がつけられないから……。し、しのぶ先輩っ。ぼ、僕は……しのぶ先輩が、好きですっ！」

「なっ⁉　えっ、あっ……え、ええっ？」

　突然の告白に、いつも冷静沈着であることを心がけているしのぶもさすがに驚きを隠せず、目を丸くしうろたえてしまう。ただでさえ悪い噂が先行し他者が寄りつかないしのぶである。告白されるなど、これがもちろん生まれて初めてのことだった。

「僕、初めてしのぶ先輩を見かけた時から、ずっと憧れていて……道場での見学を許可してもらってから、少しずつ話をさせてもらえる機会が増えて。しのぶ先輩のストイックなところや、でも時々見せてくれる優しい顔を見て、ますます惹かれていったんです」

　訥々と想いを告げる陸に、しのぶは気恥ずかしさで耳まで真っ赤になってしまう。

「そんな憧れのしのぶ先輩が、昨日は僕を頼って悩みを打ち明けてくれて、それがすごく嬉しくて。なのに僕は、あんなことを……。でも、これだけは信じてほしいんです。僕は、女の子なら誰でもよかったんじゃない。目の前にいたのがしのぶ先輩だったから、あんなことをしてしまったんだって」

陸の告白にどう答えてよいかわからず、しのぶは激しく動揺する。

「ま、待ってくれ。私はまだまだ未熟で、修練が必要な身だ。今は色恋にかまけている余裕はない。キミの想いは、その……嬉しくは思うが、すまないが私はその想いには応えられない」

しのぶの返答に、陸の瞳が落胆の色を帯びるが、しかし陸は頭を振り、そしてかすかに笑って見せた。その笑顔は明らかに無理をしているのが丸わかりで痛々しく、しのぶの胸をキュッと締めつける。

「いいんです。しのぶ先輩ならそう答えるだろうなって、なんとなくわかってました。僕はただ、僕の気持ちを知っていてほしかっただけですから」

そう告げる陸に、しのぶは複雑な想いを抱いてしまう。陸が自分に憧れているのは薄々気づいてはいたが、しかしそこまで強い想いだとまでは、理解していなかった。ならば自分は、そんな陸に対しあまりにも酷な頼みをしてしまったのではないか。そう思えて、しのぶは胸が締めつけられる。

「……すまなかった。キミの気持ちも考えず、あのようなことを頼んでしまって。やはり昨日言ったことはなかったことに……」

「ま、待ってください。僕、しのぶ先輩に協力したいんです。お願いですから、これからもお手伝いさせてくださいっ」

陸の気持ちを知り逡巡するしのぶに、陸はしかし頭を下げて頼みこむ。もしここであの約束まで破棄されては、陸としのぶの間の距離は二度と近づくことなく離れていくばかりになるのではないか、そう思えたのだ。

「い、いや、私が頼む立場なのに、キミが頭を下げるのはおかしいだろう。……わ、わかった。キミにはこれからも、私がキミのように動物に懐かれる存在になれるよう、協力してほしい」

「は、はいっ。ぼ、僕、がんばりますっ」

陸がようやく満面の笑みを浮かべるのを見て、しのぶはホッと胸を撫で下ろした。

「そ、それじゃその……さっそくまた、やってみませんか?」

「うっ。……い、今からか?」

陸の申し出に、しのぶはわずかに怯んでしまう。

「あ、も、もちろんもう勝手にキスしたりなんかしません。あくまで子犬にするのと同じようにしますから」

「いや、その、その辺りはキミに任せる。キミがその……せ、接吻が必要だと判断したのなら、それはそれで取り入れてかまわない……。も、もちろん、子犬にするようにだぞ」

「は、はい。わかってます。でも、キスはやめておきます。……僕、またおかしくなっちゃいそうだから」

そうしてこの日から、しのぶの修練の後に、動物の気持ちを知るための特訓の時間が加わった。陸は欲望を全力で押し殺しつつ、稽古後のしっとりと汗を掻いたしのぶの髪や肌を、愛らしい子犬にするように丁寧に優しく何度も愛撫していった。しのぶは自分を好きだと告白してくれた少年からペットとして扱われるという倒錯した時間を過ごすことに複雑な思いを抱きつつも、少年の魔法のような手のもたらす安らぎと高揚を前に、ただ身を委ねてゆくのだった。


それからおよそ一週間が経過した。暦は四月から五月に替わり、学生には嬉しい長期連休が始まったが、しかしその間もしのぶは武道の修練と、そして陸との二人だけの秘密の特訓に明け暮れた。陸もまた、文句一つ言わずしのぶの修練と特訓に付き合った。陸にとっては休みを無為に過ごすよりも、しのぶと共に過ごせることの方が何倍もの喜びなのであった。

連休も残すところあと二日。今日もまた、夕方の稽古が終わった後しのぶは陸に数十分にわたって髪や顔に、さらには腕や足にまでも、じっくりこってりと陸の手のひらによる優しい愛撫を施された。

しのぶの肌の上を撫でた陸の手のひらは、まるで魔法のように、安らぎと甘い痺れを引き出しつつしのぶの身体を骨抜きにしてゆく。格闘家ゆえにいつも引き締めていることが当たり前となっていた表情も、陸の愛撫を受けた後に洗面所で鏡に向かえば、一瞬自分自身だとわからぬほどにだらしなく緩み蕩けてしまっていた。

そしてこの日も愛玩動物になりきってたっぷりと陸の愛撫を受けたしのぶは、その後、道着姿のまま門前で陸を見送った。しのぶが帰宅する陸の後ろ姿を名残惜しげにぼうっと見つめていた時、ちょうど犬の散歩を終えたのか、向かいに住む少女が角を曲がって現れた。

マリといったか、その少女は陸の姿を見つけると笑顔を浮かべ小走りに駆け寄り、そして連れている大型犬・ジョンもまた嬉しそうに陸にじゃれつき始める。しのぶは門の陰に隠れ、犬と少女に囲まれ楽しげな笑顔を浮かべている陸をそっと見つめていた。

「いつの間にマリちゃんと仲良くなっていたのだ? ジョンも、あんなに懐いて……」

羨ましげに見つめるしのぶの視線に気づくことなく、陸はしばし笑顔で少女と大型犬に接していた。やがて陸は手を振り、少女たちと別れてその場を後にする。少女はジョンのリードを引き家へ戻ろうとしたが、ジョンは陸の後ろ姿を見ながらその場に座りこみ、なかなか動こうとしなかった。

するとと少女はヤキモチを焼いたのか、プクッと頬を膨らませ、ジョンの前に回りこむとその顔をぐっと寄せる。

「もうっ。ジョンはわたしのワンちゃんなんだから、わたしのいうこと聞かなきゃダメなんだよっ」

マリはそうジョンに言い聞かせながら、ジョンに頬擦りし、さらにはその顔にチュッチュッとキスの雨を降らせ始めた。それが陸と自身の姿と重なり、しのぶの胸が思わずドキンッと震える。何度も少女のキスを受けたジョンは、やがて嬉しそうにバウッと一声鳴くと、少女の顔をベロベロと舌で舐め始めた。

「きゃはは っ。くすぐったいよ、ジョン〜。さ、おうちにかえろっ」

ジョンの反応に満足したのか、少女は笑顔を浮かべて再びリードを引き、自宅へと戻っていった。

その一部始終を見ていたしのぶは、頭をハンマーで殴られたような激しい衝撃を受けた。フラつきながらも屋敷へ戻ったしのぶは、汗を流すべく浴室へ向かった。

道着とスパッツを脱ぎ捨て全裸になったしのぶは、頭からシャワーを浴びる。普段の稽古であればほどなくして水流と共に疲れが洗い流されてゆくものだが、陸との特訓が始まってからというもの、水流では流れぬ火照りが日に日に体内でじんわりと広がっていくような気がしていた。

黒髪に水流を伝わせながら、しのぶはふと己の乳房を見つめる。引き締まった肢体に反して豊かに実ったお碗型の形よい乳房は、気づかぬうちに以前よりグッとせり出しているように思えた。

「あの子にここを触られたら……どんな心地になるのだろうか……」

ポソリと呟き、しのぶは左手で左の乳房を下からすくい上げ、手のひらに乗せる。そして、なにもしていないのにプクッと膨らんでしまっているピンク色の乳輪を、親指と人差し指でプニッと挟んでみる。

「きゃふぅんっ！」

その瞬間、ビクビクッと全身に甘い痺れが走り抜ける。その衝撃に、しのぶは慌てて乳輪から手を放す。

「な、なにをしているのだ、私は……」

よりいっそうプックリと膨れてしまった乳輪とピンと屹立した乳首を見つめながら、しのぶは愕然と呟いた。

幼少から修行に明け暮れ、色恋に興味のなかったしのぶは、性に関しての関心も薄く知識も少なかった。それゆえ自慰すらもしたことがなかったというのに、つい、己の敏感な部分に指を伸ばしてしまったのだ。

それは、顔や手足、背中などは蕩けるほど撫でられ全身を火照らされているというのに、肝心な部分には一切触れられないため、知らず肉体に溜まってしまった欲求をなんとか解消するべく無意識に女の本能が働いた結果であった。

「し、しっかりしろ。あの子は、あくまで私が動物の気持ちが理解できるよう、手伝ってくれているだけなのだから」

しのぶは両手で頬をパンパンと叩くと、シャワーを冷水に切り替え、頭を冷やす。そして淫らな気持ちを洗い流すと、湯船に身体を沈める。

だが、何日もかけて積もり積もった欲求は、その程度では流しきれなかった。温かな湯に身体をゆったりと投げ出し一日の疲れを癒しているうちに、脳裏には再び、修練後の陸との特訓の様子が映し出される。そして、温まると共に火照り出すしのぶの肢体。

いつしかしのぶは湯船のなかで太股をもじつかせ、左の手のひらは膨らんだ乳輪と尖りきった乳首を、右手は股の間に差しこんで縦筋の上を、無意識のままにスリスリと撫で回し始めてしまう。

知識も薄く経験も皆無なため、その手は敏感な部位の上を触れるか触れないかのところでぎこちなく行き来するだけであった。だがそれゆえに大きな波も起こらず、しのぶは延々とその慎ましやかな初めての自慰を続けてゆく。

「んっ、ふ……あぁ……ふあぁっ……」

湯船から出した首から上が上気しているのは、決して湯の温かさからだけではない。しのぶはそのままのぼせてしまうまで、陶然と湯に浸かりつつ、もぞもぞと肢体をくねらせ続けた。


長風呂からようやく上がったしのぶは、夕食もそこそこに切り上げ、浴衣を着崩したまま自室の布団の上へ身体を投げ出した。肢体はいまだにじんわりとした熱に包まれ、どこかだるさが残っている。しのぶは一週間ぶりに、就寝前の稽古を取りやめることにした。普段なら気が乗らぬ時こそ自身を奮い立たせるものだが、この日はそんな気も起こらなかった。

かすかな夜風に吹かれつつ、しのぶは布団の上でぼんやりとしていた。しかし、眠気はなかなか訪れない。目を閉じてぼうっとしていると、気がつけば脳裏には陸の笑顔が浮かび、そして肢体は這い回る陸の手のひらの感覚を思い出しじんわりと火照り出す。

そして浮かんでくる、夕方に目にした少女と愛犬の様子。愛犬は嬉しそうに少女に戯れ、親愛の情をこめてその顔をベロベロと舐め回していた。

「そうだ……。私はあの子にしてもらうばかりであったが、私自身、もっと動物になりきるべきではないのか？　もっと、動物の気持ちになりきって……私をかわいがってくれているあの子に、感謝の気持ちを……」

しのぶはフラフラと立ち上がると、箪笥の引き出しを開け、ハチマキを取り出す。それを首輪代わりに首に巻くと、忠犬のようにペタンとその場にしゃがみこむ。そして両目を閉じ、自身が陸の飼い犬になった姿を脳裏に思い描く。

『しのぶはお利口さんだね。かわいいよ。さあ、ご褒美にたくさん撫でて、たくさんキスをしてあげるからね』

頭のなかの陸が、しのぶの柔肌を優しく撫で回し、キスの雨を降らせてゆく。ますます熱く火照る身体にしのぶはたまらず口を開け、舌を垂らしハァハァと息を荒げる。やがてしのぶは主人への想いが抑えられなくなり、虚空へ向かい舌をレロンと蠢かせる。

『フフッ。そんなにペロペロしてくるなんて、よっぽど気持ちがよかったんだね。それじゃ、もっともっと気持ちよくナデナデしてあげようね』

しのぶの悦びを感じ取った主人は、さらにしのぶを喜ばせようと、これまでは触れてこなかった場所もしのぶの頭のなかで優しく撫で回し始める。

「ふあぁっ、あぁんっ。……んっ、ひぁ、はあぁっ……」

気づけばしのぶの両手には主人の手が憑依していた。しのぶは右手で乳房を、左手で股間をサワサワと撫で回し、熱い喘ぎを漏らしてゆく。

『フフフ。すっかり発情して、いやらしいメス犬だね、しのぶは。しのぶはもう、僕の飼い犬、ペットだよ。これから毎日たっぷりとかわいがってあげるからね』

陸の顔をした主人は、そうしのぶに言い聞かせ、しのぶの肢体をこってりと愛撫してゆく。いつしかしのぶは仰向けになり、宙へ向けてレロレロと舌をくねらせながら、両手で乳房と秘所をそれぞれ撫で擦る。

『おやおや。こんなに乳房をプクッと膨らませて。股間もヌルヌルになってしまっているじゃないか。そんなに触ってほしかったんだね、この敏感な部分を』

「ンァァ……そ、それは……」

『遠慮しなくていいんだよ。しのぶは僕のペットなんだ。好きなだけ甘えてごらん。さあ、どんなふうに触ってほしいのかな』

「ア、アァ……。わ、私の敏感な乳房を、強く……揉みしだいてほしい……。こ、股間も……激しく、擦って……ひぁっ！　アンッ、きゃふっ、ハアァンッ」

積もり積もった願望を口にしたしのぶは、淫夢に耽りながら、自らの乳房を強く揉み上げ、閉じ合わされた秘唇の上を指で激しく擦りたてる。自分でも初めて聞くような甘ったるい嬌声を上げ、布団の上でピクピクと肢体を痙攣させ、淫らにのたうつしのぶ。

「アンッ、アヒッ、ハヒンッ。もっと、もっと激しくっ。ひぅっ、ふぁ、はぁぁあんっ」

主人の愛撫を夢想しながら、しのぶは淡い快感に何度も肢体を波打たせる。しかし悲しいかな、自身の知識を超える行為は施すことはできず。本能はより激しい行為を求めているのに、その両手は稚拙な自慰を繰り返すばかり。

そうしてしのぶは本当の満足を得られぬまま、疼く肢体を己で抱きしめ幾度もまさぐって、悶々としたまま夜通し己を慰め続けるのであった。


そして夜が明け、連休最終日。しのぶの肉体は身体の芯に残るだるさと疼きで、ジーンとかすかな痺れを残していた。それでもなんとか道着とスパッツに着替え道場へ向かい修練を始めたしのぶであったが、ほどなくして道場へとやってきた武道に関しては素人の陸ですらはっきりとわかるほど、動きにキレを欠いていた。

「しのぶ先輩。なんだかフラフラしていますけど、どこか具合でも悪いんですか」

「し、心配ない。気にするな。……フンッ！　ハッ！　……う、うぁっ？」

そう強がったしのぶであったが、上段蹴りを虚空に放った瞬間、軸足が揺らぎふらついてしまう。そのまま倒れそうになるしのぶを、陸は弾かれたように飛び出して咄嗟に胸に抱き止める。

「だ、大丈夫ですか、しのぶ先輩っ。やっぱり、どこか具合が悪いんじゃ……」

「うっ。な、なんでもないと言っているだろう。そ、そんなに近づくな……」

陸の腕に抱き止められ、その温もりが道着を通してもじんわりと全身へ広がってゆくようで、しのぶは慌てて赤くなってゆく顔をそむける。だがそんなしのぶの様子を、陸は体調の悪さゆえと勘違いしてしまう。

「そんなこと言って。顔が赤いですよ、しのぶ先輩。これでも僕だってもう一月近くもしのぶ先輩の稽古の様子を見てきてるんですから、調子が悪いんだってことくらいわかりますよ。とりあえず、いったん休憩しましょう」

「……わ、わかった」

仕方なくしのぶは陸の肩を借り、道場の隅にいったん腰を下ろす。陸はその傍らに座り、ハンカチでしのぶの額の汗を拭いつつ、心配そうにしのぶの顔を見つめている。

だが、隣に陸がいるせいか、しのぶの身体の火照りは収まるどころかますます高まるばかりであった。

「す、少し、顔を洗ってくる」

そう呟くと、しのぶはフラつきながらも一人で立ち上がる。

「大丈夫ですか。僕もついていきましょうか」

「い、いや、いい」

「でも……」

「身体も拭きたいのだ。遠慮してくれ……」

「あっ。す、すみません……」

そう言われては、陸もそれ以上食い下がれない。顔を赤らめて俯く陸を残し、しのぶはフラフラと道場を出ていった。

洗面所へとやってきたしのぶは、蛇口を捻ると冷水をバシャバシャと叩きつけるようにして火照った顔を洗う。そして頭から手ぬぐいをかぶると、壁に手をつき、しばしの間俯いていた。

「いったいどうしたというのだ、私は……」

冷水を顔に浴びた瞬間はヒンヤリと心地よさが広がったが、しかしそれは根本的な身体の疼きを解消するまでには至らなかった。しのぶはぼうっとした顔で、洗面所の鏡を見つめる。そこには研ぎ澄まされた格闘家の顔はなく、もどかしげな表情を浮かべた一人の頼りなげな少女の顔があるだけだった。

しのぶはいったん帯を外し道着を脱ぐと、上半身にかいた汗を手ぬぐいで拭ってゆく。そうして一通り拭き終えると、再び道着をまとい帯を締め直す。そして最後にピシャッと自らの平手で両頬を叩く。

「そうだ。しっかりしろ。あの子の前で、あまり情けない顔を見せるわけにもいかないのだから」

自分自身にそう言い聞かせ、しのぶは表情を引き締め直し、洗面所を後にする。

その時はまだ、しのぶは気づいていなかった。これまでは、修練も己を正すことも自分自身のためでしかなかったはずが、いつしか自分ではない誰かのためにそう振舞おうとしている、そんな己自身の変化に。

そうして気を入れ直したしのぶであったが、再び戻った道場のなかに広がる光景を前に、そんな想いは簡単に吹き飛んでしまった。

そこには、どこかから迷いこんだらしい子ネコを抱き上げた陸が、ペロペロと子ネコに頰を舐められて楽しげに笑う姿があった。その光景を見た瞬間、しのぶの頭がカァーッと沸騰する。気づけばしのぶは拳を固く握りしめ、俯きながら全身を小刻みに震わせていたのだった。


「ニャ〜ン♪」

間延びした鳴き声と共に、道場の入り口から子ネコがトコトコと入ってきたのが数分前。

「ん？　なんだおまえ。どっから来たんだ？」

足元にやってきてスリスリと頭を擦りつける子ネコを、陸はヒョイと拾い上げる。

腕に抱き頭を撫でてやると、子ネコは心地よさそうに目を細めた。

「おまえ、人懐っこいなぁ。コイツならしのぶ先輩も触れるんじゃないかな？」

陸が差し出した子ネコの頭を、おずおずと撫でるしのぶ。逃げ出さずに頭を撫でられている子ネコの様子に、緊張した様子のしのぶの表情がパッとほころぶ。そして陸に礼と共に向けられる、おそらくは誰も見たことのないであろう、孤高の美少女格闘家が秘めていた本当の美しい笑顔……。

「な〜んちゃって。へへへっ」

陸はそんな妄想に頬をだらしなく緩め、子ネコの頭をグリグリと撫でる。子ネコは気持ちよさそうにゴロゴロと喉を鳴らし、陸の頬をペロペロと舐めだした。

と、その時。陸の背筋を、ゾクゾクッと強烈な寒気が走り抜ける。慌てて周囲をキョロキョロと見回すと、道場の入り口で俯いたまま小刻みに全身を震わせ、強烈な殺気を放っているしのぶの姿があった。

「し、しのぶ先輩……？　あっ。コ、コイツ、さっき道場に迷いこんできたんですよ。コイツなら人懐っこいし、しのぶ先輩でも撫でられ、って、わっ！　こ、こらっ！」

「フギャーッ!!」

しのぶに気圧されつつも子ネコを差し出そうとした陸だったが、しのぶの怒気にあてられたか、先ほどまであれほどおとなしかった子ネコが途端に尻尾を逆立て暴れ出し、陸の手からスルリと抜け出てしまう。床に着地した子ネコは道場の奥へと走ってゆくと、驚異的なジャンプ力で高い位置にある小窓へと駆け上り、一目散に窓の外へ逃げていった。

「あ……ハハ……逃げられちゃいましたね」

呆気に取られつつ子ネコの逃げ去った小窓を見つめていた陸は、頬を掻きつつ再び道場の入り口を振り返る。しかしそこにはすでにしのぶの姿はなく、いつの間に間合いを詰めたのかしのぶは陸の眼前で仁王立ちしていた。そしてしのぶは陸のシャツの襟首をつかむと、そのままグイと押しこみ陸の背中を壁際にドンと押し当てる。

「あ、あの……しのぶ、先輩……?」

「……特訓……効果がなかったではないか……」

俯いたままのしのぶにおののきつつも陸が声をかけると、しのぶは押し殺すようにそう呟く。その小さいながらも怒気を孕んだ言葉に、陸の背筋がゾクリと震える。

「い、いやあのっ。い、今のしのぶ先輩、殺気が出すぎですって。それじゃ子ネコも逃げちゃいますよ」

「私の……せいだというのかっ……!」

「ヒッ!?」

怒気を孕んだしのぶの低い声音に、陸は思わず情けない声を漏らしてしまう。子ネコに逃げられたことで今日までの特訓は無意味だったと気づき、しのぶの怒りは限界を迎えたのだろうか？　特訓など陸がしのぶに触れるための口実でしかなかったと知り、怒りが抑えられなくなったのだろうか。

もちろん陸は陸なりに、あのファーストキス以来、しのぶのためを思って真面目に特訓に付き合ったつもりだ。だが、その心の内に、しのぶの肌に触れられるという悦びが微塵もなかったかと言えば、そうは言いきれない。もっと考えれば違う方法が発見できたかもしれないのにあの方法を続けたのは、しのぶへの下心ゆえではないのか、と問い詰められればそれを否定しきる自信はなかった。

「キミには……責任を取ってもらう……っ！」

ボソリと吐き捨てると共に、しのぶが俯いていた顔を上げ、陸をキッと見据えるとグイッと顔を寄せる。

「ううっ」

陸は次に襲いくる衝撃に備えて両目をギュッとつむり、それでもその場から逃げ出すことはせずそれを受け止めるべく全身に力を入れ、拳を固く握りしめる。

だが、次に陸の顔を襲ったのは、固められた拳の叩きつけられる強烈な一撃ではなかった。

……ペロッ。

「…………へっ？」

陸は思わず間抜けな声を漏らす。陸の頬に触れたのは、熱く濡れた、小さな舌の感触だった。閉じていた目をおそるおそる開けてみると、目の前には目元を赤く染め瞳を潤ませたしのぶの顔があった。

「……どうだ。くすぐったいか？　私をもっと、撫でたくなったか……ペロッ、レロッ」

そう言うと、しのぶは恨めしげな視線を陸に向け、おずおずと舌を伸ばしてさらに陸の頬をチロチロと舐める。

「しのぶ、先輩……？」

しのぶのらしからぬ行為に動転していると、しのぶは陸の頬を舐めながら陸をジト目で見つめる。

「キミは、私に遠慮していたな」

「えっ。そ、そんなことは……」

「隠してもダメだぞ。あの日、キミがしてくれた愛撫は、もっともっと激しいものだったではないか。それなのにあの日以来、キミがしてくれる愛撫は遠慮がちのもどかしいものばかり。おかげで私はキミが帰った後も毎晩、なにかスッキリせず、身体がもどかしくてしかたないのだ……」

しっとりとした生温かな吐息が、陸の頬にホウッと吐きかけられる。長身美少女に壁際に追い詰められ、覆いかぶさるように詰め寄られる。そんな初めてのシチュエーションに、陸はドギマギしてしまう。

「す、すみません。しのぶ先輩がそんなふうになってたなんて、気づかなくて。で、でも、勝手にやりすぎないって、約束したから……」

「だが私は、必要であればキミの思うようにしてよいと、伝えていたはずだぞ。それなのにキミは、遠慮ばかりして……。だから先ほどの子ネコ相手に、成果を出せなかったのではないのか。キミは本気で、私の頼みに協力してくれる気持ちがあるのか?」

ジトッと陸を見つめるしのぶの瞳はしっとりと艶かしく濡れていて、普段のクールさはすっかり影を潜め、どこか理性を欠いているようにも思えた。とはいえ、鍛え抜かれた肉体を持つしのぶの前から陸が簡単に逃げ出せるはずもない。むしろ、本能が剝き出しになったしのぶは狩猟を生業《なりわい》とする野生の獣のようで、陸はその手から逃れられる気がまるでしなかった。

そして同時に、この妖しく変貌した憧れの美少女にこのまま捕らわれていたい、という倒錯的な願望も陸の胸の奥にムクムクと湧き出し始めていた。

「も、もちろんですっ。僕は本気で、しのぶ先輩の役に立ちたいって……」

「ならば、もう二度と、私に遠慮はしないでくれ。キミが本気で子ネコをかわいがるように、私のことも思いきりかわいがってほしい。私も、せ、精一杯……あの子ネコがしていたように、思いきりキミに甘えてみせるから……」

しのぶはそう呟くと、陸の身体にひしっとしがみつき、しなやかな肉体をスリスリと甘えるように擦りつけ出す。そしてしっとりと濡れた瞳で陸の顔を間近に見つめながら、舌を垂らし、子ネコになりきってペロッペロッと陸の顔を舐め上げてゆく。

その温もりとぬめった感触に、陸の理性はたちまち弾け飛ぶ。

「……わかりました。僕、もう遠慮はやめます。しのぶ先輩の望みどおり、あの子ネコのように……。ううん。世界で一番大切でかわいいペットをかわいがるように、しのぶ先輩を思いっきり、かわいがっちゃいますね」

そう告げた陸は、しのぶの背中に両手を回すとその細い身体をギュッと抱き寄せる。サラシで締め上げてもなお道着を押し上げ自己主張する豊かな乳房が、陸の胸板にムギュッと押し潰されて変形する。乳肉がグニッとひしゃげると共に尖りきった乳首が擦られ、ピリッと電流のような快感を乳房の内部に弾けさせる。

「ひうぅっ！　……わ、わかった。思いきり、私をかわいがってくれ。キミに愛される動物たちの幸福を、私の身体にも、たっぷりと刻みこんでほしい……」

乳首から弾けた快感にカクカクと腰を震わせながら、しのぶは陸にしがみつき、そう甘く懇願したのだった。

第三章　唇ペロペロ&顔マーキング！

「しのぶ先輩……。四つん這いになってもらえますか」

しのぶを抱きしめる手をいったん緩めた陸が、耳元でそっと囁く。

「よ、四つん這いにか……？」

その指示に一瞬、しのぶの格闘家としてのプライドがざわめく。ここ数年負けナシで相手を見下ろしたことなどない自分が、この力を持たない普通の少年の前に、ひざまずこうとしている。

「はい。よく懐いた動物みたいに、僕の目の前で小さくお尻を振りながら四つん這いになるんです。僕にかわいがられたくて仕方がない愛らしいペットになったしのぶ先輩なら……できますよね」

「……わ、わかった。今の私は、格闘家ではない。ただの、キミの愛玩動物なのだものな……」

　しのぶは自分に言い聞かせるようにそう呟くと、屈辱感を抑えこみ、膝を折って道場の床に四つん這いになり、陸の姿を見上げる。その姿を見届けた陸はブルブルッと身体を震わせると、しのぶの前にしゃがみこみ、しのぶの頭を手のひらでわしゃわしゃと撫でた。

「よくできました、しのぶ先輩。かわいいですよ」

「そ、そうか……んんっ……」

　陸に頭を一撫でされるたび、温かな感触が脳天から全身へとじんわりと広がってゆく。まるで脳が蕩けてゆくような感覚に、切れ長だったしのぶの目元がトロンと緩み、瞳がしっとりと潤む。

　濡れた瞳でぽうっと陸を見上げるしのぶの表情と、普段のクールな格闘家としての表情とのあまりにも強烈なギャップに、陸の胸に抑えきれないほどの強烈な衝動が沸き上がる。

「ああっ、しのぶ先輩っ！　ムチュゥッ、ブチュッ、ジュルジュルジュパッ！」

「ひゅむぅっ!?　むぷっ、んぷぷ、ふむむぅ～んっ！」

　グイと抱き寄せられジュパジュパと強烈に唇をむしゃぶられて、しのぶは目を白黒させ、肢体をビクッと震わせる。だがそれでもしのぶは四つん這いの姿勢を保ったまま、顎だけを上げ、その唇を陸に捧げ続けた。

「あむ、チュパッ……チュッ、ムチュゥ……しのぶ先輩、かわいいです……もう、めちゃくちゃかわいいですよ……ブチュッ、ジュルルッ……」

「んむ、んふぅ……そ、そうか……はぷ、むあぁ……ムチュ、プチュゥッ……」

大きく口を開けた陸はしのぶの唇を丸ごと咥えこみ、これまで溜まった欲望をぶつけてゆくかのようにネットリとむしゃぶってゆく。

「ムジュチュッ、ジュパッ。ああ、しのぶ先輩とまたキスできるなんて、夢みたいです」

「んむっ、ぷあぁ……キミは、あむ、また私と接吻をしたいと、考えていたのだな」

「はいっ。あのしのぶ先輩との初めてのキスの、とろけちゃうような感触が、忘れられなくて……ジュルッ……あの日以来、しのぶ先輩と特訓をしている間はキスしたいって気持ちを必死で抑えつけて……ムチュッ、チュバッ……家に帰ってからも悶々として、しのぶ先輩とキスするのを想像したりしてたんです……ブチュゥッ」

陸もまた、悶々とする気持ちを必死で抑えていた。その事実に、しのぶの胸がじんわりと熱くなる。

「さあ、今度はしのぶ先輩の番ですよ。ペットになりきって、僕の顔を思いっきりべロベロ舐め回してください」

たっぷりとしのぶの唇を味わい尽くした陸は、ようやく唾液でベトベトになったしのぶの唇を解放すると、しのぶにニッコリと微笑みかける。

「ああ……キミの、顔を……動物のように、ベロベロと……」

しのぶは言われるがままに、ヌトヌトに濡れてほころびきった唇からおずおずと舌を覗かせ、ベロリと垂らす。そして緊張に舌先をヒクヒクと震わせつつ、ゆっくりと陸の顔へと近づけてゆく。

「あっ、そ、その前に。しのぶ先輩、一つ、お願いがあるんですけど……。僕のこと、名前で呼んでもらってもよいですか?」

「名前で?」

「はい。そういえば、しのぶ先輩に名前で呼んでもらったこと、なかったなって。い、いやあの、動物は喋れないですけど、よく懐いた動物がもし喋れるとしたら、きっと相手のことは名前で呼ぶだろうなって思って、それで……」

しのぶはしばし思案するも、下手な言い訳ではあったが道理はかなっているように思えて、やがてコクリと頷いた。

「わかった。……陸。これで、よいか」

「は、はいっ！　……やったっ。しのぶ先輩に名前で呼ばれちゃった」

しのぶが陸の名を小さく呟くと、陸はパァッと顔を輝かせ、満面の笑みを浮かべてコクコクと頷いた。たったこれだけのことでこれほどまでに喜ばれると、しのぶもなんだか嬉しくなってしまう。

「ンンッ。で、では改めて……。陸。キミの頰を、舐めるぞ……」

「は、はい。おねがいします」

しのぶはひとつ咳払いをすると、陸の視線を受け顔から火が出そうなほどの羞恥を感じながら、それでも突き出した舌を陸の顔にゆっくりと寄せ、舌先でチョンチョンと陸の頰をつつく。それから意を決したように舌の腹を陸の頰にベチョッと押しつけ、そしてネロリと舐め上げる。

「んあぁ……レロオォォ～ッ……。……アァ……舌が、熱い……」

汗ばんだ肌の仄かな塩味と温もりが舌いっぱいに広がり、舌がジーンと痺れてゆく。

（ああ……この子の、陸の頰も、熱く火照っている……私と、同じように……）

陸もまた緊張と興奮に包まれているのだということを敏感な粘膜の接触によりダイレクトに感じ、しのぶの身体の芯がズクッと疼く。

「しのぶ先輩の舌、熱いです……」

陸は心地よさそうにうっとりと目を細めると、まるでペットに褒美を与えるかのようにしのぶの頭を右手で撫で、背中を道着の上から左手で撫で下ろす。その瞬間、しのぶの胸に広がってゆく、えもいわれぬ幸福感。

「ああ……り、陸……ペロッ。レロッ、ネロッ……」

気がつけばしのぶはその感覚を追い求めるかのように、陸の頬へ舌を伸ばし、何度もペロペロと舐め上げていた。

(ハアァッ……舌が、疼く……胸が、熱くてたまらないっ……)

床についていた両手はいつの間にか陸の両肩に乗せられ、まるで大型犬がじゃれつくようにしのぶは陸に身をすり寄せていた。オープンフィンガーグローブを塡めた格闘家の拳だったその手はいつの間にか発情した動物の前足へと変わり、陸にのしかかってその顔をベロベロと舐め回す。無意識に揺れ動くスパッツに包まれたヒップに、もし動物のように尻尾が存在したならば、一目でわかるほど幸せそうに左右にフリフリと揺れていたことだろう。

「くうぅっ。あのクールなしのぶ先輩が、トロンとした顔でペットみたいに僕の顔をペロペロ舐め回してるっ。た、たまらないっ」

憧れの美少女の、ペットになりきった様を目の前で見せつけられ、陸の興奮も抑えきれんばかりに滾《たぎ》ってゆく。陸はしのぶの腰に左手を回しギュッと抱き寄せると、右手のひらをいっぱいに広げてスパッツに包まれたしのぶの尻たぶに押し当て、そしてムギュッとわしづかみにした。

「ひぁうっ!? り、陸……」

その瞬間、ビリビリッと電気のような快感が背骨を走り抜け、しのぶは背筋を反らしてビクビクッと肢体を震わせると驚きの表情で陸の顔を見つめる。

「し、しのぶ先輩のお尻に触るの、初めてですよね。でも今日は、遠慮しないでしのぶ先輩の全部をかわいがるって約束ですから……お尻だって、撫でちゃいます。い、いいですよね？」

そうは言いつつもためらいはあるらしく、陸はしのぶの表情を窺っている。布地越しに尻たぶを包みこむ陸の手のひらは温かく、しのぶの臀部から腰の奥までをジーンと痺れさせてゆく。

しのぶは返事の代わりに陸の頬に唇を寄せ、はむっと甘噛みした。

「うあっ。し、しのぶ先輩……？」

「ああ、もちろんだ。キミの思うままに、かわいがってくれ……カプッ。はむはむ、チュウゥ～ッ」

しのぶは陸にしなだれかかると、その頬を食《は》み、吸いつき、たっぷりと舐め回す。すっかり愛玩動物になりきったしのぶのその最上級の愛情表現に、陸の興奮もはちきれんばかりに膨れ上がる。

「ンチュゥッ、ペロッレロッ。んひっ、ひあぁぁっ!?　そ、そんなにグニグニと揉みしだかれては……尻が、痺れる……蕩けて、疼いてしまう……ムチュゥッ、ネロッ、チュパチュパッ」

双臀を両手でグニグニと揉みしだかれ、全身をビクッビクッと震わせながら、それでもしのぶは懸命に唇を寄せ、陸の頬はおろか顔じゅうを舐め回してゆく。すでにしのぶの頭のなかには、なぜ陸にキスの雨を降らせているのかという明確な理由はない。ただただ湧き上がる突き上げるような衝動の前に、眼前の陸にすがりつき睦み合わずにはいられないのだ。

「ああ……しのぶ先輩のお尻、柔らかくて弾力があって、最高に気持ちいいです」

「んぷぁ、チュパッ……ほ、本当か？　修練に明け暮れた、硬い尻だぞ。揉んでも、気持ちよくなどないだろう」

「そんなことないですよ。鍛えて引き締まった上に、柔らかいお肉がしっかり乗ってて、最高の揉み心地です。僕の両手、気持ちよすぎて溶けちゃいそうですよ」

「んあっ、くあぁぁっ！　そ、そんなに強く揉みこまれては……尻が、痺れるぅ……腰が、疼いてしまうぅ……」

双臀を力いっぱい揉みしだかれ、しのぶはガクガクと腰を震わせる。そして上体を支えるべく陸の首にすがりつき、ますます接吻の雨を降らす。

「うあっ。し、しのぶ先輩、そんなに激しくしたら……わあぁっ！」

やがて、長身のしのぶに覆いかぶさられた陸は、そのまま後ろに倒れこんでしまった。仰向けに横たわる陸に馬乗りになる形になったしのぶは、しばししっとりと濡れた瞳で陸の顔を見つめると、再び上体をもたれかからせ、陸の顔に唇と舌を寄せてゆく。

「んん……陸……チュッ……チロッ、レロッ……」

陸を組み伏せ、尻を振りながらベロベロと陸の顔を舐め回すしのぶ。憧れの美少女がまるで本当に発情した牝の獣になってしまったようで、陸は頭がクラクラするほどの興奮に苛まれる。そしてその劣情の向けられた先が陸自身であるという事実が、陸の胸に途方もない悦びを湧き上がらせた。

四つん這いで陸の顔を何度も舐め上げつつ目を細めて陸を見つめていたしのぶは、ふと陸の股間がズボンの上からもはっきりとわかるほどこんもりと盛り上がっていることに気づく。

「陸……股間が、膨らんでいるぞ」

「えっ。わ、わわっ」

しのぶの舌の感触に夢心地になっていた陸は、弁解の仕様もないほど勃起した己の股間に視線を落とすと慌てて両手で隠す。しかししのぶは四つん這いのままのそのそと歩くと、陸の股間に顔を近づけ、じっと覗きこんだ。

「し、しのぶ先輩。そんなとこ、顔を近づけちゃダメですよ」

「そうか？　もし私が本当にペットであるならば、主の身体に異変を感じたら、気になってしまうと思うぞ」

瞳に妖しい光を浮かべながら、しのぶは陸の股間に顔を寄せ、スンスンと鼻を鳴らす。途端、沸き上がる濃密な雄の臭気に、しのぶはクラクラと脳を揺さぶられてしまう。

「くあぁっ！　な、なんと濃厚な匂いだ……これが、雄のニオイ……」

雄の臭気に何度も脳を揺さぶられながら、それでもしのぶは鼻を近づけずにはいられない。すっかり酔わされてしまったしのぶの発情顔に、陸もまた欲望が抑えきれなくなってしまう。

「そんなに、僕の股間のニオイが嗅ぎたいんですか。しのぶ先輩は、エッチなペットだったんですね。それじゃ、僕の大切なペットのお願い、聞いてあげちゃおうかな」

陸は左手でしのぶの頭を固定すると、右手でズボンのチャックを下ろし、パンツをずらしてなかから勃起した肉棒をボロンと取り出す。極度の興奮に肉棒は天を向いて大きくいきり立ち、尿道口からドパドパとカウパーを溢れさせ大きく笠の張り出した亀頭をテラテラと妖しく照り輝かせていた。

「ああっ！　……こ、これが……陸の、分身……」

そそり立つ肉棒のあまりに長大で隆々とした様に、しのぶは思わず瞳を揺らし、唾を飲みこんでしまう。男の上半身の裸は見慣れていても肉棒を目の当たりにしたことなどなかったしのぶは、陸のそれをかわいい後輩らしく控えめなものであろうとおぼろげに思い描いていた。しかし目の前に現れたその肉塊は、しのぶを組み伏せ征服してやろうという陸の欲望が具現化したような、あまりに逞しく猛々しい姿であった。

「そうです。これが僕の、チ×ポですよ。ほら、たっぷりとニオイ、嗅いでみてください」

陸はしのぶの顔をグイと肉棒へ引き寄せ、肉幹に鼻先が触れるギリギリまで近づけさせる。覆うもののない肉棒から放たれる強烈な臭気に、しのぶの鼻腔はジクジクと焼かれ脳がグラグラ揺さぶられる。

「ふぁひぃぃ……すごい、濃すぎるぅ……。こ、これが、陸の……」

「チ×ポですよ、チ×ポ。お利口さんなしのぶ先輩なら、ちゃんと言えますよね」

「くあぁ……チ……チ×ポ。これが、陸の……チ×ポの、匂いぃ……」

黒目をふわふわと揺らめかせながら、しのぶは陸に躾けられるがままに卑猥な単語を口にし、その淫臭に酔いしれてしまう。一方の陸もまた、あのしのぶが誘導に従い淫らな単語を口にしたことに、鼻の頭が熱くなるほど猛烈に興奮してしまう。

「そ、そうですよ。これが僕の、チ×ポの匂いです。大事な主人の、一番大切な部分の匂いですからね。しっかり覚えてくださいね」

そう言うと、陸はとうとうしのぶの顔を己の肉棒へムギュッと押しつける。しのぶの鼻先に亀頭がグリッと擦れカウパーが鼻先にペットリと付着し、しのぶの瞳がますます揺れて惑乱する。

「ひあぁぁっ！　か、顔にチ×ポがっ。鼻にヌルヌルがペットリと……はひぃぃ……」

顔に肉棒を擦りつけられ混乱するしのぶとは対照的に、陸は肉棒越しに触れるしのぶの柔肌の感触に夢中になっていた。陸は両手でしのぶの頭をつかみその美貌にグリグリと肉棒を押しつけながら、混乱しつつも肉臭に酔わされ蕩けてゆくしのぶの表情を興奮した面持ちで見下ろす。

「ふふ。たまにいるんですよね。なぜか僕の股間の匂いを嗅ごうとするエッチな猫が。もちろん普段はこんなことしませんけど、しのぶ先輩は特別なペットだから、たっぷり嗅がせてあげますね、僕のチ×ポのニオイを」

「んあぁ……ふあぁぁっ……」

しのぶの鼻腔に淫臭を流しこむたびに、その唇から熱く湿った吐息が漏れ、肉棒に吹きかけられる。それが心地よく、肉棒はビクビクとひとりでに震えると尿道口からトプリとカウパーを溢れさせ、しのぶの美貌をニチャリと汚してゆく。

陸は左手でしのぶの顔を股間に引き寄せたまま、右手を伸ばしてしのぶの左手を取る。そしてしのぶの手を己の股間へ導くと、肉棒へとそっと重ねさせた。

「ひあっ。な、なにを……」

「フフッ。チ×ポに興味津々になったペットなら、顔だけじゃなくて前足も伸ばして、じゃれついてくると思うんですよね。どうですか、しのぶ先輩。手でも、チ×ポにじゃれてみたくありませんか？」

「ああ……そ、それは……」

すっかり肉臭に理性を蕩かされたしのぶの脳は、そんな陸の言葉を疑いもせずに受け入れてしまう。

「そ、そうだな……。私は今、キミの愛玩動物なのだから……目の前に、こんなに熱く長大なモノを見せつけられたら……きっと、じゃれついてしまうだろうな……」

しのぶはポソリと呟くと、自らの意思で、指先で肉棒をチョンとつつく。すると、ブルンッと大きく震える肉棒。その反応に興味をそそられたか、もう一度ツンツンとつつくと、今度はさらに大きくブルルッと震える。それを繰り返すうち、気づけばしのぶの視線は肉棒に縫いつけられ、その手もまた肉棒を何度もつつき、手のひらで擦り、握ってムニムニと揉み立てて存分に肉棒を弄ぶ。

「アァ……陸の、チ×ポ……。すごく、熱い。手のひらが、火傷してしまいそうだ……。それに……触るたびに、透明な汁がトロトロ溢れて……私の手が、ニチャニチャになってしまう……」

「くうぅっ。しのぶ先輩の柔らかな指の感触と、革のグローブのザラッとした感触のギャップがたまらないっ」

しのぶが肉棒を揉み立てるたびに、肉棒はビクビク震え先端からカウパーを溢れさせ、しのぶの指とグローブをネチャネチャと汚す。その粘液がしのぶの手の滑りを増し、さらに激しく肉棒の表面を滑らせてゆく。

「うあぁっ……しのぶ先輩に、手コキしてもらえるなんて……しかも、グローブを填めたまま……」

強さの象徴である格闘用のグローブを填めたまま手コキをさせている。そのシチュエーションが、本来ならまるで敵わないはずのしのぶを征服してしまったような錯覚を起こし、陸の獣欲をますます駆り立ててゆく。

「しのぶ先輩っ。チ、チ×ポ、舐めてください」

「なっ!? こ、これを……舐めろ、というのか……?」

その陸の言葉に、驚きのあまりしのぶは肉棒に吸いついていた視線を引き剝がし、顔を上げて陸の顔を見る。だが陸はしのぶの頭に置いた手を再びグッと股間へ引き寄せ、しのぶの視界を己の肉棒で埋め尽くしてしまう。

「ええ、そうです。もしも動物なら、不思議な臭いを撒き散らして蜜を垂らす大きな棒が目の前にあったら、触ってみた後は、きっと舐めて確かめようとするはずですよ。だから、ほらっ。カウパー塗れの僕のチ×ポ、その赤い舌で、舐めてみてください」

「ひあぁっ。そ、そんなにグイグイ近づけるな……。くふぅ……強烈なニオイで、鼻の奥が痺れる……アァ……蜜が、カウパーがどんどん、溢れてくる……」

肉棒を眼前に突きつけられ、鼻腔を肉臭で焼かれながらカウパーの溢れる様をたっぷりと見せつけられて、しのぶの理性が大きく揺らぐ。元より色事の知識が薄いしのぶにとって、普段とは打って変わった陸の強引なまでの先導はどこか頼りがいのある姿に見え、愛玩動物としてその身を委ねてしまいたいとすら思い始めていた。

「アァ……わ、わかった……。舐める……この、太くて大きなチ×ポと、トロトロ溢れるカウパーを……舐めて、確かめてみるぞ……」

目元を赤く染め熱に浮かされたような顔で、しのぶは両手で肉棒をしっかりと包みこむ。そしてその先端におずおずと舌を近づけ、先端で照り輝く透明な汁を、チロリと舐めた。

「くふぅんっ！」

「うあぁっ！　しのぶ先輩の舌、あついっ」

敏感な亀頭を舌で撫でられた瞬間、陸は思わず歓喜の悲鳴を上げる。一方しのぶもまた、舌先に付着した熱い粘液に舌を痺れさせられ、艶かしい悲鳴を漏らしてしまう。

「……ンアァ……舌に、トロトロが……はふ……舌の先が、ジーンと痺れる……」

しのぶは舌を伸ばしたまま、舌先に付着したカウパーを陶然と見つめている。味こそ薄かったが、そのニチャリとした感触が舌の先端からじわじわと舌全体へ淫らに広がってゆくようで、しのぶはフルフルッと肢体を震わせる。

「しのぶ先輩。チ×ポと、カウパーの味、どうでしたか」

「ん……よく、わからない。ただ、とても熱くて……舌が痺れて、蕩けてゆきそうだ」

「そう、ですか。とにかく、イヤではないってことですよね。なら、はっきりわかるまで舐めてみてください。たっぷり、こってりと」

「あ、ああ……そう、だな……」

目を爛々と輝かせた陸に気圧され、しのぶはコクンと頷いてしまう。しのぶは再び口を開け、舌先を亀頭へ近づけてゆく。だがそれは決して陸の指示だからだけではなく、心のどこかであの感触をもう一度確かめたいという思いがあったことも否定はできなかった。

「んあぁ……ペチョッ……くふあぁっ。……ハァ、ハァ……えあぁ……チロッ、ペロッ……」

そしてしのぶはもう一度、そして二度、三度と亀頭を舌で舐め上げてゆく。たちまち大量のカウパーに塗れて淫靡に濡れ光る舌先。しのぶはいったん舌を口内に収め、口内粘膜を使って舌先の粘液を拭い取ると、ゆっくりと嚥下し、そしてまた口を開き舌を覗かせる。

「ふあぁ……んむっ。……んく、んむ……コクンッ。……ふあぁ……」

そうしてまた、しのぶは亀頭に舌先を伸ばす。その頃にはすでに尿道口から先ほど以上のカウパーがにじみ出ていた。

「くうぅっ。これが、しのぶ先輩の舌の感触……。熱くて、柔らかくて……気持ちよすぎるっ」

敏感な亀頭で味わうしのぶの肉舌の感触は、途方もない快楽を陸にもたらした。あまりの快感に欲望が爆ぜそうになるのを陸は必死で堪えるが、しのぶの舌は回転を増すごとにネットリと淫らに亀頭を這い回り快楽を引きずり出してゆく。

「んあぁ～……ペロッ、ネロッ……ンチュ、コクンッ。……えあぁ～っ……ネロッ、レロォッ……ペチョペチョ、ネチョヨオォ～ッ」

生来が真面目な気質ゆえか、しのぶはどんどん亀頭への舌奉仕に意識を没頭させてゆく。肉棒をじっと見つめながら真っ赤な舌を大きく垂らし、甘栗のような形をした亀頭を先端からカリ首、笠裏まで余すところなくレロレロと舐め回す。

「くうっ、うあぁっ。き、きもちいいっ。し、しのぶ先輩、そのまま亀頭をペロペロ

舐め回しながら、両手で竿をシコシコしごいてください。そうすれば、もっと先っぽからカウパーが出てきますよ」

「チロチロッ、レロッ……そ、そうなのか……？　……こ、こうか……ペロペロッ、ネロッ……アァ……本当だ……カウパーが、どんどん溢れてくる……レロッネチョッ……ふあぁ……舌が、トロトロになるぅ……」

陸に促されて亀頭を舐め回しながらグローブを填めた両手で肉幹を擦ると、言葉通りにますます大量のカウパーが尿道口から溢れてきた。その粘液をたっぷり舌ですくい取り、口内に収めて嚥下したしのぶは、頬が蕩けるような感触にほうっと艶かしい吐息を漏らす。

「くうっ、うはあぁぁっ……しのぶ先輩に、手コキしてもらいながらチ×ポを舐めてもらえるなんて……夢みたい……くあぁぁっ……」

一心不乱に肉棒を扱き亀頭を舐め回すしのぶを見下ろしつつ、陸は拳を握って最上級の快感に必死で耐え続けていた。ふとその時、陸はしのぶが奉仕をしながら腰をもじつかせているのに気づいた。

「ペロッ、ネロッ……ハァ、ハァ……チロチロ、レロッ……コクンッ……ふあぁぁ……」

亀頭を舐めカウパーを嚥下しながら、スパッツに包まれた内腿をスリスリともじつかせているしのぶ。しのぶもまたどうしようもないほどに発情してしまっていることに気づき胸が熱くなった陸は、右足をそっと動かしてしのぶの股の間に差し入れてゆく。すると陸の脛がスパッツ越しにしのぶの恥丘に擦れ、しのぶはビクビクッと肢体を震わせる。

「ひあぁあっ!? り、陸……?」

「しのぶ先輩、舌が止まっちゃってますよ。ほら、こっちに集中してください」

陸はしのぶの股の間に足を差しこんだまま、しのぶの顔をさらにグイと己の股間へ近づける。

「あ、あぁ……すまない……。……ん……ペロ、レロ……」

そして再び開始される舌奉仕。熱心に舌をくねらせカウパーを舐め取るたびに、しのぶの意識は上へと集中し、下半身はひとりでに動き出してしまう。

「レロッ、ペロッペロッ……アンッ、ひあぁっ……ネチョネチョ、ペチョッ……くひっ、ひゃふぅっ……」

(アァ……腰が、腿が動いてしまう……脚の間には、陸の足があるのに……ンアァッ……)

いつしかしのぶは亀頭を舐め回しながら腰を前後に揺すりたて、スパッツ越しに股間を陸の足へ擦りつけていた。股間から広がるジーンとした疼きがしのぶの全身を熱く包みこみ、その疼きはますますしのぶの舌を蠢かせ、カウパーの染みこんだ舌と口内をジクジクと蕩けさせてゆく。

発情し股間を擦りつけながらうっとりと亀頭に舌を這わせカウパーを舐めすするしのぶの姿は、陸の興奮を抑えきれぬほど強烈に滾らせた。膣にじっとりと付着する液体の感触はしのぶが本当に発情していることの証明であり、それはあのクールなしのぶが発情した牝の獣と化してしまっているという事実を如実に表し、亀頭に生じる快感と共に陸を絶頂へと勢いよく押し上げる。

「くうぅ〜っ！　し、しのぶ先輩っ。ぼ、僕、もうイキますよっ」

「ネチョネチョ、テロッ……ふぁ……イク……？　どうしたのだ、陸？」

『イク』という言葉の意味がわからずに、亀頭を舐めながら陸を上目遣いで見上げるしのぶ。陸は両手を伸ばすとしのぶの頬を挟みこむようにつかみ、しのぶの顔を亀頭の正面にしっかり固定する。

「これからしのぶ先輩にマーキングしますっ。これでもうしのぶ先輩は完全に僕の、僕だけのペットですからねっ」

「マ、マーキング？　陸、私にいったいなにをするつもり、ひあぁぁんっ」

肉棒を突きつけ興奮に目を血走らせている陸に、本能的な恐れを感じたしのぶはその真意を問いただそうとする。だが顔をガッチリと固定した陸の両手に頬や耳をサワサワと撫で回されると、ゾクゾクッと電流のような快感が生じ、途端に力が抜けて腑抜けた声を上げてしまう。

「しのぶ先輩、もっと激しく両手を動かしてチ×ポをしごいてくださいっ。目は僕をじっと見つめて、餌を欲しがるペットみたいに大きく口を開けて舌を垂らしてっ」

「アァッ、こ、こうか？　えあぁぁ～っ」

グローブを嵌めた両手で肉棒を激しく扱きたてながら、口を開け舌を垂らして発情した顔を向ける美少女格闘家。憧れの美少女の、夢のなかで夢想した、いやそれ以上の淫らな顔に、陸の興奮は限界を迎える。

「くうっ、くあぁぁっ！　出るっ、出ますよ、しのぶ先輩っ。しのぶ先輩を、僕のミルクで、ザーメンでマーキングしますっ。これでしのぶ先輩は、僕の、僕だけのものだっ、くあぁ～っ！」

ドビュドビュッ！　ブビュッ、ドビュ、ブビュルルルッ!!

「んぷぁっ、はひっ、あひぃぃぃ～んっ！　顔が、顔があつぃぃっ！　んぷっ、ひあぁあっ。顔じゅうに、熱いドロドロがへばりついてっ。顔が焼けるっ、とけてしまうぅ～っ」

手のなかでビクビクと大きく脈打った肉棒から、次々に吐き出される濃厚な白濁。それはベチャベチャと勢いよくしのぶの美貌に貼りつき、そして驚異的な粘度で白い柔肌にへばりつき垂れ下がる。そして垂れ落ちる前に次の噴出を浴びせられ、しのぶの美貌はたちまち白濁塗れにされてしまう。

「くうぅっ、まだ、まだ出ますよっ。しのぶ先輩の顔、僕のザーメンで埋め尽くしちゃいますよっ。僕の、主人のザーメンの匂いと感触、しっかりと覚えてくださいねっ」

「んあぁぁ……陸の……ザ、ザーメンの匂いと、感触……。熱くて、ドロドロのネバネバで……顔を溶かされてしまいそうな、これが……ザーメンの、感触……。……んくっ、ふひぃっ！　チ、チ×ポより濃密な、この鼻の奥をジンジンと痺れさせる強烈なニオイが……んふあぁ……ザーメンの、ニオイィ……くひうぅ……」

性知識の少ないしのぶではあるが、ザーメンというのが精液を意味するということは、陸の口ぶりで理解できた。陸の言いつけのためかしのぶの脳に顔をそむけるという選択肢はなぜか浮かばず、しのぶは白い喉をヒクヒクと震わせながら、とめどなく噴射される精液を美貌を晒して受け止めてゆく。

「くうぅ～っ！　しのぶ先輩に、顔射でマーキングしてるっ。しのぶ先輩のクールな顔が、僕のザーメン塗れになってるっ。くあぁっ、興奮が収まらないっ、ザーメン止まらないっ。くあぁぁっ！」

憧れの美少女の美貌を己の精液で染め抜き征服してゆく光景は、あまりにも背徳的で、えもいわれぬ悦びを陸にもたらした。頭が沸騰するほどの興奮に陸はますます精液を撒き散らし、射精の反動で思わず全身をガクッと震わせる。

と、その一連の動きで、しのぶの股に挟まれていた陸の右足もビクンッと跳ね上がる。その瞬間、陸の脛に布地越しに秘唇をズリッと擦り上げられ、しのぶの肢体に電撃のような強烈な快感が走り抜ける。

「くひっ⁉　ひぐぅぅ～～～っ‼」

白濁を浴びせられ倒錯した興奮の極地にあったしのぶは、不意に弾けた股間の快感により、瞬く間に絶頂へと押し上げられる。しのぶは陸の右足を太股でギュウッと締めつけながら、絶頂にビクビクッと肢体を痙攣させる。

「ああっ、しのぶ先輩もイッてるっ。僕のザーメン塗れになりながら、オマ×コを僕の足に擦りつけてイッちゃってるっ。くあぁっ、たまんないっ。また出るっ、ザーメン出るぅっ」

しのぶもまた絶頂に達したという事実に、陸は感動に打ち震え、しのぶの顔をグイと股間へ引き寄せその美貌に肉棒を擦りつけながらビュルビュルと再び精液を噴出する。押しつけられた亀頭にしのぶの形よい鼻がひしゃげられ、噴射した精液のいくらかが鼻粘膜に当たり、濃密な精臭とともにしのぶの鼻の奥をジンジンと痺れさせる。

「んくぁっ、くあひぃっ！　鼻が、頭がジンジンするっ。か、身体が痺れてっ、くひっ、はひぃぃぃ〜っ！」

しのぶは惑乱しながらガクガクと腰を揺らし、白濁まみれの絶頂に呑みこまれていったのだった。


やがて、長い射精がようやく終わりを告げる。しのぶは白濁塗れの顔を陸の股間に埋め、ハァハァと荒い息を吐いて絶頂の残り火に炙られながら呆然としていた。

陸もまた体を床に投げ出し天井を見上げて射精の余韻に酔いしれていたが、やがてゆっくりと上体を起こし、しのぶの顔を覗きこむ。

「ああ……ザーメン塗れのしのぶ先輩の顔……メチャクチャエロぃ……」

あれだけ放出したにもかかわらず、気づけば陸の肉棒は再びムクムクと鎌首をもたげていた。陸は肉棒をつかんだままダラリと力の抜けているしのぶの手を取ると、その手のひらをしのぶの白濁塗れの顔に乗せ、ゆるゆると動かしてゆく。

「しのぶ先輩、忘れないでくださいね。これが僕の、しのぶ先輩の主人のザーメンの感触ですよ」

「……んぷあぁ……顔が、ヌルヌルになる……顔だけでなく、指にも、グローブにも……陸のザーメンの、匂いと感触が、染みついてしまう……」

「ええ、たっぷりと染みこませちゃいましょう。指にも、大切なグローブにも。そうすれば、しのぶ先輩が僕のペットだって、いつでも思い出せるでしょう」

こってりと美貌に浴びせられた白濁を自らの手でヌチャヌチャと塗りこめさせられて、その背徳的な粘ついた感触にしのぶは肢体をフルッと揺すり、艶かしい吐息を漏らした。

やがて美貌に余すところなく精液を塗り広げ終えた時には、しのぶの手のひらもまた指先までベットリと白濁に覆われていた。

「しのぶ先輩。今度は感触だけじゃなく、味も覚えてみてください」

「ンアァ……キミは、私にこの……ザーメンを、舐めろと言うのか……」

「はい。カウパーも舐めて覚えたんだし、ザーメンも匂いと感触だけじゃなく、やっぱり味も覚えないと。ねっ」

ニコッと笑いながらそう言われると、しのぶの胸のなかの抵抗の気持ちも萎んでしまう。目を輝かせて期待した面持ちでしのぶを見つめる陸の視線に煽られて、しのぶは顔の前で両手を広げ、おずおずと舌を伸ばしてまずは一本の指を舐め上げる。

「アァ……レロォ……。んぷぅ……なんて濃い……口いっぱいに濃厚なえぐみが広がって、口のなかが疼く……。んあぁ……舌に、ねっとり絡みついて……ジンジンと、熱く痺れてしまう……」

ひと舐めしただけで口いっぱいに広がる濃密な精臭。常時であればそれは不快感を及ぼす代物かもしれなかったが、快感の余韻に甘く痺れた今のしのぶの身体には、そのジクジクと浸食してくるような濃厚さがどこか心地よくすら感じられてしまう。

「ンアァァ……レロ……濃いぃ、舌がおかしくなるぅ……。ふあぁ……はぷっ……チユプッ、チュルチュル……んぷあぁ……喉まで、ドロドロに蕩けてゆくぅ……」

気づけばしのぶは陸に促されずとも、精液塗れの己の指を舐め上げ、さらには指を一本ずつ咥えてチュパチュパと精液を舐め取っていった。

「んぁ、ふあぁぁ……ベロッ、ネロオォ～……あむ、クチュ……コクン。……ぷあぁ。す、すべて、舐め取ったぞ。どうだ。これで、よいのか……？」

最後にはグローブに染みこんだ精液まで舌で舐めねぶったしのぶは、すべてを喉へ流しこみ胃に収めて、精臭混じりの艶かしい吐息を漏らしつつ妖しく濡れ光る視線で陸を見つめる。すっかり精液の味を覚えたしのぶの様子に、陸は興奮と感動にブルブルッと身体を打ち震わせた。

クールなその美貌にペットの証としてこってりと精液を塗りこまれてしまったしのぶは、立ち昇る濃厚な精臭に鼻腔はおろか脳髄までジクジクと浸食されてゆくのを感じながら、道場の床にペタンとへたりこみ呆然としていた。

あれだけの精液を放出したにもかかわらず、そんなしのぶの背徳的な姿に再び興奮を焚きつけられた陸は、再び肉棒を雄々しくそそり立たせその場を立ち上がる。そしてしのぶの背後に回ると、しのぶの身体をギュウッと抱きすくめながら耳元で囁く。

「しのぶ先輩、僕の言いつけ、ちゃんと守ってくれましたね。お利口にできたペットには、これからたっぷりご褒美をあげて、かわいがってあげますね」

「ご、ご褒美……？　ひぁうっ。そ、そんなところに接吻をっ。ふあぁっ、そんなに優しく、撫で擦られては……」

陸はしのぶの黒髪を掻き上げうなじを露出させると、唇を寄せチュウッとあとが残るほどに強くついばむ。そうしてうなじにキスの雨を降らせながら、両手でしのぶの白い喉と首筋をスリスリと撫で擦る。

たっぷりと首筋を愛撫すると、今度はしのぶの左手を取り、上に挙げさせる。そして筋肉がつきつつもしなやかな二の腕を撫で回しながら、ノースリーブの道着から無防備に晒された無毛の腋を、ペロッと舌で舐め上げた。

「きゃひっ！　り、陸、なにをするんだ。そ、そこはやめてくれ……」

「あれ？　しのぶ先輩、腋が苦手なんですか。へへっ。しのぶ先輩の弱点、見つけちゃった。……ペロッ。チュパ、チュウゥ～ッ」

「あひっ!?　きゃふっ、きゅふぅんっ！　だ、だめだっ。そこは、やめろといって、ひゃううぅんっ」

不意の攻めにかわいらしい悲鳴を上げたしのぶの、そのギャップに興奮を焚きつけられた陸は、むずがるしのぶにかまわずその腋を舌と唇でじっくりと弄ぶ。

「しのぶ先輩の声、かわいい。チュウチュウ、チュパッ。それに、稽古で汗を掻いた腋から、しのぶ先輩の匂いがムンッて湧き上がってきますよ」

「そ、そんな匂い、嗅ぐんじゃないっ、くあぁんっ。ほ、本当に腋は、やめてくれっ。くすぐったくて、おかしくなってしまうっ」

くすぐったさに耐えかねたしのぶは、空いていた右手でポコポコと陸の頭を叩く。

幸いくすぐったさのせいで拳に力はほとんどこめられていなかったが、腋舐めに集中できなくなった陸は、しのぶの両腕をそれぞれつかむとグイッと上に持ち上げた。

「しのぶ先輩、邪魔しないでくださいよ、もう。……よし、それじゃ、これから特訓をしましょう。両手を頭の後ろで組んで、じっとしていてくださいね」

「と、特訓？　いったいなんの特訓だと、ひゃうぅっ。だ、だから、腋を舐めるなぁっ」

「強さの頂点を目指す格闘家が、腋の刺激くらい耐えられなくてどうするんですか。ほら、暴れないでじっとして。しっかり我慢してくださいね。レロオォ～ッ」

「そ、そんな。強さに腋など関係な、ひゃううんっ！　や、やめろっ、きゅふっ、ひくうぅぅ～っ！」

くすぐったさにガクガクと肢体を揺すりながら、それでもしのぶはどういうわけか陸の言いつけを破ることができず、頭の後ろで両手を組み無防備に腋を晒し続ける。

「ベロッ、レロォ〜ッ。あぁ、しのぶ先輩の腋、フェロモンでムンムンしてて、舐めているだけでたまらなく興奮しちゃいます。いつまでも舐めていたくなる……チュパッチュパッ、ムチュルル〜ッ」

「んぁひぃっ！　フェ、フェロモンなど出ていないっ、ンアァッ。そ、そんなに舐めっ、はひぃっ、す、吸うなぁ〜っ」

ピクピクと指先まで震わせながら、しのぶはくすぐったさと共に沸き上がる奇妙な熱い感覚に身体をクネクネとくねらせる。うっとりとした顔で腋をベロベロと舐め回している陸と、そしてカウパーを溢れさせながら隆々と勃起している肉棒をを見ていると、本当に自分の腋から淫らな牝の獣のように雄を狂わすフェロモンが染み出ているのではないかと思えてしまう。

「んあぁっ、はひぃぃっ！　り、陸っ。も、もう……ゆ、許して、くれぇぇ……ひあぁっ、ひゃぐぅぅ〜んっ」

とうとうしのぶは、どんなつらい修行でも吐いたことがなかった弱音を漏らし、瞳を潤ませて陸に懇願する。しかしその憐憫をそそる姿はますます陸を欲望に駆り立て、陸の気が済むまでこってりと腋をねぶられ汗の代わりに唾液を塗りこめられてゆくのだった。

「……はぁ～っ……はぁ～っ……んあぁ……ひあぁぁ……」

ようやく陸がしのぶの腋を解放した頃には、しのぶは手を頭の後ろに組んだポーズのままぐったりと脱力していた。それでも肢体はくすぐったさとそのなかに潜むかすかな快感の余韻で、ピクピクと痙攣を続けている。

「だ、大丈夫ですか、しのぶ先輩。僕、やりすぎちゃったかな」

しのぶの魔性のフェロモンにやられたか、理性を失いただただ腋を舐め続けていた陸は、心配そうにしのぶの顔を覗きこむ。しかし執拗な腋舐めで普段の凜々しさを徹底的に削ぎ落とされたしのぶの顔は、潤んだ目元といい綻んだ唇といいあまりにも妖艶で、陸の獣欲を再び滾らせてしまう。

「ちょ、ちょっと腋に集中しすぎちゃったけど……続き、しますね。今日は、約束通り……これまで触らないようにしていた部分も、たっぷりかわいがっちゃいますから……」

陸はゴクリと唾を呑みこむと、しのぶの道着の帯に手をかける。そして慎重に帯を緩めてゆくと、そのまま結び目をスルリと解き、道着の前をはだけさせた。

「あぁ……しのぶ先輩の、裸……」

陸の目が、しのぶの腹部に釘付けになる、うっすらと腹筋の浮いた、引き締まった腹部に、縦長の形よい臍。いくつか浮いた汗の珠が、白い肌の上をツッと流れ落ちてゆく。

そして陸の視線が、サラシに包まれてもなお豊かに盛り上がるその乳房に釘付けになる。陸はおずおずと両手を伸ばすと、サラシの上からその双丘をムニュッと手のひらに包みこむ。

「ひあぁぁっ！」

その瞬間、しのぶの口から甘い悲鳴がこぼれ出る。サラシの下で痛いほど屹立した乳首が布地越しに陸の手のひらに擦れ、ピリピリッと電流のような快感が乳房から全身へほとばしったのだ。

「こ、これが、しのぶ先輩のおっぱいっ」

一度触れてしまえば、その手のひらいっぱいに広がる圧倒的な柔らかさの前に、陸はもう自分を抑えることができなかった。陸は息を荒げながら、しのぶの乳房をグニュグニュと思うがままに揉み立てる。

「んあぁっ、はあぁんっ！　胸があついっ、しびれるぅっ」

いまだ手を頭の後ろに組んだポーズのまま、しのぶは乳房から生じる甘い痺れに肢体をくねらせる。本当は逃れようと身をよじっているはずなのに、ポーズのせいかもっと揉みたくってほしいと自ら乳房を突き出しているようで、陸はますます興奮しムギュムギュと手のひら全体で乳房の柔らかさと奥から生じる心地よい反発力を味わい尽くす。

「ああっ、もう、サラシの上からなんかじゃ我慢できないっ」

陸はしのぶの胸に顔を近づけてサラシの端が織りこまれている部分を見つけると、そこを引っ張り出し、もどかしさを堪えつつもシュルシュルとサラシを外してゆく。やがてサラシは一本の白い布となってハラリと落ち、そしてとうとう、しのぶの乳房が隠すものなく陸の眼前へと晒される。

「しのぶ先輩のおっぱい……こんなに大きかったんだ……」

陸は露わになったしのぶの乳房を、感動すら抱きつつうっとりと見つめた。サラシの上からでも大きめだということはわかっていたが、サラシを外し格闘家の仮面を脱ぎ捨てたしのぶの乳房は、陸の想像より遥かに大きく、そして美しい流線型を描いて前に突き出ていた。

「うう……そ、そんなにジロジロ見ないでくれ。それに、いつもはここまで、張ってはいない……」

陸の熱視線に晒され、しのぶは恥ずかしげに身をよじる。しかしその両手は相変わらず頭の後ろからなぜか動かせず、身体を揺するたびにかえって乳房がプルプルとたわわに揺れ、陸の目を楽しませてしまう。

「それって……今、興奮しちゃってるから、おっぱいがパンパンに張っちゃってるってことですよね。だからこんなに、乳輪がぷっくり膨らんで、乳首もピンピンになっちゃってるんですね」

「こ、興奮してなど、きゃひぃんっ！　そ、そこっ、先っぽを触るなぁっ。ビリビリしてっ、ひゃうぅんっ！」

己が興奮していることを否定しようとしたしのぶであったが、陸の指先に乳首を軽く摘まれただけでたちまち電流のような快感が乳房を走り抜け、甘い悲鳴に否定の言葉が掻き消されてしまう。

「しのぶ先輩、おっぱいで感じてる……。もっと、もっと感じてくださいっ。はむっ」

「んひあぁぁっ！　ち、乳房を食べるなっ、はひぃっ、す、吸うなぁ〜っ」

目の前で揺れる乳房に我慢できなくなった陸は、右手でしのぶの左の乳房をムニムニと揉みこみながら、大口を開けてしのぶの右の乳房を咥えこむ。敏感な乳房のなかの、さらに快感が集中している乳輪と乳首をネロリと舐められチュパチュパと吸い立てられて、たちまちしのぶは甘い声を上げて身悶えてしまう。

「はむはむ、ジュルルッ。しのぶ先輩のおっぱい、口のなかがとろけちゃいそうなくらい柔らかいですっ。それに、吸えば吸うほど乳輪がエッチにプクプク膨らんで。しのぶ先輩、すごく感じてくれてるんですね」

「わ、私は感じてなど、ひうぅっ！　んあぁっ、そ、そんなにジュパジュパと吸い立てないでくれっ。乳房の先が疼くっ。ジンジン痺れて、おかしくなってしまうぅっ」

「ジュパジュパッ、ベロォッ。乳首、ピンッピンに勃起しちゃってますよ。ヒクヒク震えて、もっともっと気持ちよくして～って言ってるみたいです。今までお預けにしちゃってたぶん、今日は思いっきりいじりまくってあげますね。カジカジッ、コリュッ」

「きゃひっ、はひぃぃぃーっ！　それっ、それだめぇーっ！　乳首がビリビリしてっ、変に、変になるぅーっ！　ひあっ、ふあぁぁぁ～っ！」

乳輪を丸ごとこってり吸い立てられ、さらには快楽が溜まりに溜まった乳首を甘噛みされ歯でこそがれて、しのぶはあまりの強烈な快感に惑乱し肢体をガクガク暴れさせる。カクカクと淫らに腰が前後し、秘唇の奥から透明な蜜がピュピュッとしぶいてスパッツをしとどに濡らし、道場の床へポタポタと滴った。

「ジュパッジュパッ、ジュルジュルッ。しのぶ先輩、イッちゃったんですね。おっぱいと乳首だけで、こんなに激しくイッちゃうなんて。しのぶ先輩がこんなに敏感でエッチな身体をしてるなんて、僕、知りませんでした」

もちろん女性経験などない陸であったが、しのぶのあまりにも激しい反応を見れば、それが噂に聞く女の絶頂であることを疑う余地はなかった。

「わ、私は淫らな身体などではないっ。ひぅっ、いや、なかったのだっ。キ、キミと特訓を始めてから、こんなおかしな身体になってしまったのだぞっ、んあぁぁっ！」

美味そうに乳房をしゃぶる陸を恨めしそうに見つめ、しのぶは快感に身悶えながらそう不満をこぼす。

「ぼ、僕のせいですか？」

「そ、そうだ、んひっ。キミと特訓を始めてからというもの、キミが帰った後には決まって、私の身体は熱く火照り激しく疼くようになってしまったのだ。キミに触れられた部分は、キミの手の感触を思い出して……。そして、キミに触れられたことのない部分まで、キミに触れられたらどうなるのだろうと勝手に想像して……もどかしいほどに火照りが取れなくなってしまったのだ……ひあぁぁっ……」

「そうだったんですか。僕のせいで、しのぶ先輩の身体が……」

動物にはなんらか影響のある体質だとは自分でもうっすらと気づいてはいた。しかし、それが人間の女性にも影響するものだとは微塵も考えたことがなかった。母親を早くに亡くし、その後も女性と触れ合う機会のほとんどなかった陸がそれに気づけなかったのも、無理からぬことかもしれない。

「……わかりました。僕、しのぶ先輩の主人として、きちんと責任を取りますね。身体の疼きが収まるように、しのぶ先輩の身体の隅々まで、僕が責任を持って面倒見ますから。まずはこの、どうしようもないほどエッチになっちゃってるおっぱいを、しのぶ先輩が満足するまでいじめまくっちゃいますねっ」

「ンアァッ、そ、そんなっ。あひっ、はひぃぃ～んっ！　摘まんでコリコリするなっ、乳輪ごとジュパジュパしゃぶるなぁっ。ンアァッ、また、またくるっ。あの電流のような、激しい感覚が、胸に、乳首にっ、あひっ、きゃひぃぃ～んっ！」

　乳房から生じる爆発的な快感に、しのぶは再び全身をガクガク震わせ、口を開け放ち舌を垂らしてビクビクと絶頂する。しのぶの絶頂顔とスパッツから染み出した大量の愛液を交互に見ながら、陸は笑顔を浮かべてさらに激しくしのぶの乳房を揉みしだきしゃぶりたてる。

「ああ、しのぶ先輩、またイッちゃったんですね」

「イ、イク……？　イクとは、どういう、んひっ、はひぃっ！」

「イクっていうのは、絶頂っていうか、エッチなことの最中に最高に気持ちよくなった状態のことです。確か、アクメとも言うはずですよ。ああ、しのぶ先輩が僕の指や舌でこんなにイッちゃってるなんて、夢みたいです。僕、なんでこんな変わった能力があるのかわからなかったけど、こうして大好きな人を悦ばせるためだったんだっ」

「んあっ、ふあぁっ。ぜ、絶頂だなどとっ。接吻をされたり、乳房をいじられただけで、そのようなはしたない姿を晒してしまうだなど、そんなことがあるわけっ、ひぐっ、きゃふぅんっ！　ま、また乳首が、乳房がぁっ」

年下の少年にこうまでたやすく肉体を手玉に取られてしまっている事実を、しのぶはなんとか否定しようと唇を噛んで快感に耐える。しかし陸の爪が乳首を軽く擦るだけで、再び強烈な快感が乳房から溢れ出し、たちまち艶かしい声を上げてしまう。

「しのぶ先輩。これから、イク時は『イク』って言ってくださいね。その方が僕も嬉しいですから」

「そ、そんなっ。そのようなはしたない真似を、あひっ、それも、自ら宣言しろなどとっ、ンアァッ」

「今のしのぶ先輩は、僕のペットでしょう。ペットが主人に隠し事しちゃダメですよ。僕がもっともっとしのぶ先輩をかわいがりたくてたまらなくなるように、しのぶ先輩の全部、僕に見せてくださいっ。はむっ、ジュパジュパ、ジュルゥ〜ッ」

「はひぃぃぃ〜っ！　そ、そんなに吸い上げられたら、胸がっ、乳首がぁっ。ンアァッ、イッ、イクッ。胸にっ、乳房にアクメくるっ！　私の乳首っ、熱くて、ジンジン痺れてっ、あひぃぃっ、イクッ、イクゥゥ〜ッ！」

そしてしのぶは再度の絶頂を、陸の言いつけ通り自ら口にしながら迎えてしまう。

乳房を突き出す妖しいポーズで腰をガクガク前後させながら絶頂するしのぶの姿はあまりに淫らで、陸は満足を覚えるどころかますます獣欲を駆り立てられてゆく。

「チュパチュパ、レロッ。ああ、しのぶ先輩のアクメ姿、めちゃくちゃいやらしいです……。もう身体の疼きに困ることがないように、もっともっと、イカせてあげますからね」

「ひあぁぁっ、そ、そんな……。も、もういい。陸、もういいのだ……はひっ。んあっ、はあぁっ！　ま、またそんなに乳首をっ。だ、だめだっ。こんなことを続けられては、私、だめに、だめになって……ひゃぐっ！　んあぁっ、イッ、イクッ！　また、乳首っ、乳首がジンジンアクメするっ、乳首イクウゥゥーッ！」

休む暇のない激しい乳首攻めに、しのぶは再び絶叫と共に股布をグショグショに濡れそぼらせる。今後、特訓後のもどかしい疼きに苛まれる心配はなくなるだろうが、その代償としてはあまりに強烈な感覚をその肉体に覚えこまされてしまったのではないだろうか。そんなことを頭の片隅でぼんやりと考えながら、しのぶは陸の飽くことのない乳房攻めに絶頂を繰り返すのだった。


「ふあぁ……はあぁぁ…………あふ……」

ようやく陸の乳房攻めから解放されたしのぶは、そのままくずおれるように仰向けに倒れ、道場の天井を見つめながら荒い吐息を漏らしていた。

日頃から肉体を鍛えているだけに体力に自信はあったが、未知の快感をここまで連続して送りこまれては、さすがに身体も悲鳴を上げていた。いまだ全身をじんわりと痺れるような快感の余韻が覆っており、しのぶは無防備に腹を見せ、くてっとその場に寝転がっている。それがまるで服従のポーズを取った犬のようで、あのしのぶが無防備にも自分の前でそんな格好を晒していることに、陸は征服欲が満たされると共にブルブルッと感動に打ち震えた。

と、そんな陸の視線に、無防備に突き出されたしのぶのスパッツに包まれた股間が目に入る。度重なる絶頂に股布はビショビショに濡れ、ぽってりとしたしのぶの恥丘の形がくっきりと露わに浮かび上がってしまっている。いまだ絶頂の余韻に時折肢体を震わせるしのぶは、まるで陸に股間を見せつけるかのように、無意識のまま腰を浮かせクイックイッと突き出してしまっていた。

その淫らな光景に心奪われた陸は、誘われるようにしのぶの股間に顔を寄せる。そしてびしょ濡れになった布地ごと、大口を開けてブチュッとしのぶの恥丘を咥えこんだ。

「ひゃはあうっ!?　り、陸っ。な、なにを……」

「ああ、これがしのぶ先輩の、オマ×コ……。スパッツ越しでも、いやらしい匂いがムンムン広がって、頭が痺れてぼうっとする。それに、スパッツにいっぱい染みこんだ、しのぶ先輩の汗と、オマ×コの愛液……。トロッと甘酸っぱくて、口のなかが蕩けるみたいで……もう、たまらないっ。ジュパッ、ジュルジュルーッ！」

「はひぃぃぃーっ!? こ、股間があついっ、しびれるぅーっ！」

すっかり淫臭に酔いしれた陸に強烈に恥丘をしゃぶりつかれ、しのぶは乳房から生じる以上の強烈な快感に、つま先を立て腰を浮かせてビクビクと身悶えた。

「ジュパッジュパッ、ゴクンッ。……ふう。しのぶ先輩のスパッツ、エッチな汁でベチョベチョですよ。下に穿いてるパンティの形も、くっきり浮かび上がってます。上はサラシだけど、下はフンドシじゃないんですね」

「わ、私とて、女らしい下着くらい穿く。それに、スパッツにフンドシは、さすがにおかしいだろう……」

「そうですね。フンドシを締めたしのぶ先輩もカッコイイと思いますけど、パンティを穿いてるしのぶ先輩も、セクシーで興奮しちゃいます……はぷっ。チュバチュバッ」

「んひぃぃんっ！　ス、スパッツごと下着を吸うなぁっ、あはぁぁんっ」

再びジュパジュパと布地ごと恥丘をむしゃぶられて、しのぶはガクガクと腰を揺する。陸はしのぶの股間に顔を埋め、口元がベトベトになるほど思うままにしのぶの秘所を吸い立てる。

「んおっ、んほおぉぉんっ！　そ、そんなに強く股間を吸われてはっ。んあぁっ、く、くるっ。アクメがくるぅっ。今度は股間で、イッてしまうぅっ」

「ベチョベチョ、ジュルルッ。しのぶ先輩、ここはオマ×コって言うんですよ。今度はオマ×コでイッちゃうんですね」

「んあぁっ、はひぃんっ！　そ、そうだっ。陸が、いやらしくジュパジュパしゃぶるからっ。乳房だけでなく、股間もっ……オ、オマ×コもおかしくなってぇっ。んくっ、ひゃうぅぅんっ！　イッ、イクッ！　オマ×コイクウゥゥーッ！」

その瞬間、しのぶはクイと宙に恥丘を突き出し、腰をガクガクと暴れさせる。陸の顔に自ら股間を押しつけるような格好になりながら、しのぶは絶頂を迎え、再び膣奥から愛液をしぶかせる。透明な淫蜜は二枚の布地を染み出て、陸の顔を熱くしとどに濡らしてゆく。

そして、しのぶの身体から力が抜け、尻がペタンと床に落ちる。絶頂の余韻に荒い息を吐き、肢体をピクピクと震わせているしのぶ。陸は口の周りに付着した愛液を舌で舐め取りながら、改めてしのぶの姿を見下ろす。

道着をはだけ、サラシを取り払って形よい豊かな乳房をさらけ出し、スパッツにはくっきりと恥丘の形を浮かび上がらせている。普段の凛々しい道着姿とのあまりのギャップに、陸は頭がクラクラするほどの極度の興奮を覚える。

そして陸は、しのぶを裸にするのではなく、この格闘家としての姿のまま自分のものにしたい、そんなふうに考えてしまう。

気づけば陸は、しのぶのスパッツを脱がすのではなく、濡れた布地を引っ張って中央から引き裂き穴を開けようとしていた。

「んぐっ……くぅーっ……。あ、あれ？　か、固いな」

だが、思った以上にスパッツは丈夫であった。気ばかり焦り陸が悪戦苦闘しているうちに、ゆっくりと絶頂の抜けていったしのぶが、陶然とした顔をしたままいつの間にか首を起こして陸の様子をぼんやりと見つめていた。

「……陸？　スパッツを、破きたいのか？」

「え？　うわっ。ご、ごめんなさいっ」

不思議そうに陸を見つめているしのぶに、陸はイタズラが見つかった子供のように慌てて咄嗟に謝ってしまう。

「なぜ、破るのだ。脱ぐのでは、だめなのか……？」

「え、えぇと、その……僕、先輩のスパッツ姿が、かっこよくてすごく好きで。でもその、このままだとなかが見えないから、真ん中だけ破ればって思って……その……ごめんなさい」

陸のそれは、弁明にもなっていないあまりに素直すぎる告白であった。先ほどまでの勢いはどこへやら、一転してすまなそうに縮こまる陸を見ていると、しのぶは咎《とが》めるどころかなんとかその願いを叶えてあげたくなってしまう。

「……ふぅ。仕方がないな……」

しのぶは一つため息を吐くと、かすかに笑顔を浮かべ、自ら股間に手を伸ばすと股布を指で摘まむ。

「……フッ！　……こ、これで……よいのか……？」

そしてしのぶは自らスパッツの股布をビリッと左右に割り裂き、自らの恥丘とそれを覆う純白の薄い布地を露出させた。その様子をポカンと見ていた陸は、やがて感動に体を打ち震わせる。

「し、しのぶ先輩……。自分からスパッツを破って、僕にパンティとオマ×コを見せてくれるなんて……」

「は、恥ずかしい言い方をするなっ。わ、私はただ……キミがあまりにしょげた顔をしているから、仕方なくだな……。わ、私の主なら、このくらい自分で破れるくらいの力は持っていないと困るぞ」

感動し嬉しそうにしのぶを見つめる陸に、しのぶは気恥ずかしくなり赤くなった顔をプイと横にそむけた。

「わかりましたっ。僕も、しのぶ先輩に憧れるだけじゃなく、もうちょっと身体を鍛えるようにしますね。でも、今すぐには無理だから……今は、しのぶ先輩が開けてくれた穴から、いっぱいしのぶ先輩のオマ×コをいじってお礼しますね」

「お、お礼だなどとそんな、きゃひっ、はひぃぃんっ！」

しのぶの言葉は自らの嬌声の前に瞬時に掻き消される。スパッツを失いまた一つ防備の薄くなった恥丘を薄布一枚越しにベロリと舐め上げられ、生じた強烈な快感に思わず声を上げてしまったのだ。

「しのぶ先輩のパンティ……白が、すごく似合ってます。でも、エッチな汁でグショグショに濡れてて、オマ×コの形がくっきり透けちゃってますよ」

「そ、そんなにジロジロ見るな……はひっ、きゃふぅんっ！　な、舐めるのだめぇっ。し、刺激が強すぎっ、きゃふっ、ひゃぐぅぅ～んっ！」

薄布一枚だけの防備で秘唇を視姦され、羞恥に身をくねらせたしのぶであったが、すぐさま布地ごと舌で秘唇を舐め上げられて羞恥ごと快楽に塗り潰されてしまう。

一方、陸はしのぶの黒いスパッツの中心に覗く白い破れ目のコントラストと、その奥に浮かび上がり透けて見える卑猥な形の楕円形に獣欲をそそられ、しのぶの股間にかぶりつきジュパジュパと一心不乱に恥丘をしゃぶりたてる。

「ひゃぐっ、はぐぅっ！　陸、だめぇっ！　そ、それ、刺激が強すぎっ、きゃふっ、ひあうぅ〜っ！」

股間から生じる熱い刺激に頭を振りながら、しのぶは陸の頭を両手で押さえ、快感に耐えると共になんとか陸の舌愛撫を押しとどめようとする。だが陸の興奮はそんなことでは抑えられず、陸の舌は薄布を恥肉に押しつけながらベロベロと膣口を苛烈にねぶり回す。

やがて、執拗な舌愛撫でうっすらと口を開けた秘唇が、愛液と唾液でグショグショに濡れそぼった純白の布地に、その淫らな形を完全に隠せず浮かび上がらせながらペットリと張りついてしまう。陸はいったん口を離すとそっと指を伸ばし、秘唇に貼りついた布を横にグイッとずらす。

そしてとうとう完全に露わになる、しのぶの媚肉。普段はふっくらとした恥丘の中心に縦筋を一本描くだけであったが、今はすっかり官能に綻び、卑猥な楕円を描いてなかの色素の沈殿が薄い桃色の媚肉をクパッと晒してしまっている。

これだけ絶頂を繰り返していながらも秘裂の中心には小さな穴が開いているだけで、膣穴にはたっぷりの膣襞を刻む媚肉がみっちりと詰まっており、いかにも狭くきつそうな膣内であった。それでもうっすらと空いた膣奥へ繋がる穴からはトロトロと尽きることなく愛液がこぼれ出て媚肉をねっとりと潤しており、きつそうな膣穴にもかかわらず侵入者を拒んでいるという印象は薄かった。

「こ、これが、しのぶ先輩のオマ×コ……。ピンク色のお肉がヒクヒク震えて、透明な汁でテラテラやらしく濡れ光ってる……。ああ、愛液がこぼれるたびに、エッチな匂いがますますムンッてたちこめて……僕、もう我慢できないっ」

「んあっ、ひあぁぁ～っ!? り、陸っ。オマ×コ、食べてはだめぇーっ！」

陸は大口を開けて今度こそ覆うもののなくなったしのぶの恥丘に丸ごとカプッとかぶりつき、唇でムニョムニョと恥丘を揉み立てながら媚肉をジュパジュパと吸い立てる。

「ジュパッジュパッ、ジュルジュル～ッ。ぷはっ。これが、しのぶ先輩の生のオマ×コの感触と味っ。肉の味が口いっぱいに広がって、頭がクラクラして、もう、興奮が抑えられないっ。もっと、もっと味わいたいっ。ブチュチュッ、ジュパジュパッ」

「ひぐぅぅ～っ！　そんなに強く吸われては、中身が飛び出してしまうぅっ。股間が痺れてっ、腰がとろけるぅっ！　んぁっ、あはぁぁ～っ！」

媚肉への直接奉仕は、布地越しの何倍もの強烈な快感をしのぶにもたらした。しのぶは官能混じりの悲鳴を上げながら、黒髪を振り乱し腰をガクガクと暴れさせる。

しかし陸は今度は両手をしのぶの腿から腰に回してガッチリと固定し、上下する股間に顔を埋めたまま秘唇から覗く媚肉にベロベロと舌を這わせ続ける。

「ベロッベロッ、ベチョオォ～ッ。しのぶ先輩のオマ×コ肉、舐めるたびにヒクッヒクッて気持ちよさそうに震えていますよ。オマ×コ肉がグネグネ動くたびに奥から愛液がトロトロ溢れてきて、すごく感じてくれてるのがわかりますっ」

「ンアァッ、そ、そんなところ、じっくりと見るんじゃないぃっ。は、恥ずかしさで、頭が熱くなっておかしくなるっ、ひぐっ、ひゃぐぅぅ～っ」

右手で自分の額を、左手で陸の頭を押さえながら、しのぶは腰をくねらせ快楽に身悶え続ける。しのぶの媚肉にこってりと唾液を塗りこめた陸は、今度は舌を尖らせ、狭い膣穴にクプクプと潜らせてゆく。

「うあ、しのぶ先輩のオマ×コ、すごくキツいっ。ちょっと舌が入っただけなのに、舌の先がオマ×コにギュウギュウ押し潰されてるっ」

「んあぁぁっ！　は、入ってるっ。陸の舌が、私のオマ×コにっ、身体のなかにヌプヌプ入ってくるぅっ。ひあぁっ、オマ×コの奥が、ゾクゾク震えるぅっ」

膣穴に舌先をねじこまれ、しのぶは奥歯をカチカチ鳴らし身震いするようなゾクゾクする感覚に肢体を打ち震わせる。一方、陸は膣肉の強烈な締めつけに一気に舌を潜らせるのを断念し、舌先を上下にレロレロとくねらせながらゆっくりと狭い膣穴を掘り進んでゆく。

「はひっ、きゃひぃぃ～っ！　オマ×コのなか、舐められてるっ。陸の舌が、私のなかでグネグネ暴れてるぅっ」

「しのぶ先輩の身体、奥の奥まで舐めちゃいますっ。オマ×コの奥まで僕の唾液を塗りつけて、僕のペットだって印をつけちゃいますからっ。ネチョッネチョッ、ヌプヌプ〜ッ」

「はひぃぃぃ〜っ!?　もっと奥まで、入ってきてるぅっ！　私のオマ×コ、奥の奥まで舐められてぇっ。私のすべてがっ、陸のものにされてしまうぅっ」

ベチョベチョと膣襞に唾液を塗りこめられながらヌプッヌプッと舌先をゆっくりと奥へねじこまれて、しのぶは自分が身体の内側から陸のものへと塗り変えられてゆくような錯覚に陥り、白い腹部をピクピクと波打たせて幾度も悦楽に身悶えた。

そうして膣穴をじっくりと舌で掘り進まれてゆくうちに、膣奥から途方もないほどの快楽の塊がぞわぞわと膨らみ、広がってゆく。しのぶは絶頂の予兆に恐怖すら抱きながら、足の指をクッと曲げ、肢体を丸め縮こまらせる。

「んあっ、ひあぁぁっ！　そんなにベロベロ舐められたらぁっ。オマ×コがしびれるっ。熱くうずいてっ、ジンジンしてぇっ。あひっ、きゃひぃ〜っ！　またっ、またくるっ。アクメがくるっ、オマ×コにくるぅっ！　私のオマ×コ、壊れてしまうっ、おかしくなってしまうぅ〜っ！」

「グネグネッ、ネチョネチョォッ。しのぶ先輩、オマ×コでイキそうなんですねっ。心配しないで、思いきり気持ちよくなってくださいっ。僕、しのぶ先輩が最高に気持ちよくなれるように、もっともっとがんばりますからっ。べチョッ、ネリョネリョッ、ベロッベロォッ！」

「ひゃぐっ、くあひぃぃ〜っ！　陸の舌が、暴れているっ。私の、オマ×コのなかで、グネグネ暴れ回っているぅっ。ひぐっ、きゃふうぅぅ〜っ！　んあぁっ、イクッ、イクッイクゥッ！　オマ×コイクッ、グチュグチュにとろけてっ、ピクピクふるえてイクウゥゥ〜ッ！」

陸の徹底的な舐め奉仕で、しのぶは上下にガクンガクン腰を振り膣穴はおろか脳髄までトロトロに蕩かされて、これまで味わったものとは桁違いの絶頂に呑みこまれようとしていた。

と、しのぶが絶頂を迎える刹那、一心不乱に舌を動かしていた陸の目に秘唇の頂点で自ら包皮を捲りチョコンと屹立しているしのぶの淫核が目に入る。陸は精一杯舌を伸ばししのぶの狭い膣道を舌先でヌプヌプと貫きながら、左手の指で淫核の包皮をキュッと剝き上げ右手の指で淫核をコリュコリュッとくじり回した。

「あひっ、ひゃひぃぃぃーーーっ!?　イクッ、イクウゥウーーーッ！　んあぁぁっ、イクッ、オマ×コイクゥッ！　ビリビリ痺れるっ、なにかが弾けるぅっ！　アヒィッ、イクッ、イクイクウゥゥゥウーーーッ!!」

その瞬間、しのぶの予想を遥かに超える強烈な快感の奔流が淫核から放出され、そして膣奥に溜まっていた快楽と混ざり合って、しのぶの体内で弾け飛び全身へと怒涛の勢いで流れ出した。しのぶはガクガクと腰を暴れさせ、クールな美貌を台無しにして絶頂の叫びをほとばしらせる。

「ああっ、しのぶ先輩、もの凄くイッちゃってるっ。オマ×コがギチギチ締まって、痛いくらいに僕の舌を締めつけてくるっ。こんなになっちゃうなんて、しのぶ先輩はクリトリスもの凄く敏感だったんですねっ」

　まるで錯乱してしまったかのようなしのぶのあまりに激しい絶頂姿を、しかし陸は目を細めて満足気に嬉しそうに見つめ、そしてなおも舌をくねらせ指で淫核を扱きたてる。絶頂が引ききる前にさらに強烈な快感を上塗りされ、しのぶは瞳から涙すら溢れさせて強烈な絶頂に全身を暴れさせる。

「はひっ、はぎひぃぃーっ！　陸っ、舌をとめ、とめてくれっ、ひゃぐぅぅっ！　んあぁぁっ、イクッ、またイクゥーッ！　こ、こわれるっ、私の身体、こわれっ、あひっ、はひぃぃぃーっ！」

「しのぶ先輩っ、もっと、もっとイカせてあげますっ。二度と忘れられなくなるくらい、しのぶ先輩のオマ×コにアクメを覚えさせちゃいますねっ」

「んおぉぉっ、そ、そんなっ、そんなことぉっ！　ひゃぐっ、あひっ、はひぃぃぃーんっ！　まっ、またイクッ、イクのが止まらないぃっ！　はひっ、私のオマ×コッ、ひぐっ、イキっぱなしになるぅっ、あひぃぃぃーーーっ!!」

しのぶを絶頂に狂わせることにすっかり悦びを覚え酔いしれている陸には、嬌声混じりのしのぶの懇願はさらなる奉仕を求める心の声にしか聞こえなかった。まるでなにかにとりつかれたかのように乳房を揺らし全身を暴れくねらせるしのぶを、陸はうっとりと見つめながら舌と指を動かし快楽を引き出し続ける。

そうしてしのぶは絶頂のさなかにさらなる絶頂を引きずり出され、そしてそれすらも味わいきる前に次なる快楽を送りこまれて、頭のなかを絶頂一色に染め上げられながらただただ鍛え抜かれた肢体をくねらせ続けるのだった。


浮き上がった腰をガクンガクンッと激しく震わせ秘裂から何度目かわからぬ潮を噴き上げたあと、しのぶは全身が脱力しきり、糸の切れた人形のように床の上にくてっと肢体が投げ出された。

「はひぃ~……はひぃぃ~っ……んあぁ……はへぇ……」

凜々しかったその美貌は、度重なる絶頂の前にすっかり蕩けきっている。目元はしっとりと潤み、綻んで閉じることができなくなった唇からは艶かしい荒い吐息が漏れるばかり。

一方の陸は、張りついていたしのぶの股間からようやく顔を上げると、口の周りをビショビショに濡らしている愛液を手で拭いとり、すべてを舐め取った。

「しのぶ先輩。僕、約束通り、本気でしのぶ先輩をペットとして思いっきりかわいがりましたよ。これが僕の、精一杯の愛し方です。思いっきり撫でて、舐めて、最高に気持ちよくなってもらいたいって。もちろん、ここまでのことを動物にしたことなんてないですけど。喜んで、もらえましたか?」

陸は四つん這いになってのそのそと進み、しのぶの身体に覆いかぶさる。そして黒のスパッツがくり抜かれてぽってりと露出している汁塗れで綻んだしのぶの秘唇に、いきりたつ肉棒の先端を触れる寸前まで近づける。

このまま、一息に貫きたい。しのぶを身体の内側まで、自分の物にしたい。そんな思いに激しく駆り立てられ、陸は目を血走らせ、ハァハァと激しく息を荒げる。

……しかし、その肉竿は無防備なしのぶを貫こうとはしなかった。陸は拳を握りしめ、懸命に自分を抑えていたのだ。

「……陸?　どうした……。しない、のか?」

いつの間にか理性を取り戻していたしのぶが、じっと陸の顔を見上げている。

「……したいです。すごく、したいですけど……。ここから先は、ペットとすることじゃないから。……セックスは、人間同士で、恋人同士でするものだから」

「先ほどまでの行為も、十分にペットとの関係を逸脱しているものだと思うのだが

「……」

「そうかもしれませんね。ふふっ。……でも、僕のなかでは、ここから先はペットとすることではないから、だから今のしのぶ先輩とは、できないんです。約束、破りたくないから」

寸でのところで必死に欲望を押しとどめ、無理に笑顔を作ってみせる陸。その笑顔に、しのぶの胸がキュンと締めつけられる。

「……優しいな、陸は。それに、真面目で……そんなところを、私は好ましいと感じているのかもな」

しのぶは優しい微笑みを浮かべると、スッと右手を伸ばし陸の頬にそっと重ね、優しく撫でる。

「男なのだから、強引に奪うような大胆さも時には必要だと思うぞ。……もっとも、陸がそのような男なら、私はここまでキミに身を委ねたりはしなかっただろうが」

「しのぶ先輩……」

しのぶは左手も伸ばすと陸の首に回し、キュッとしがみつき抱き寄せる。

「陸……私がキミの、ペットでなくなれば……それ以上の存在になれば、キミはその我慢をやめて、キミのしたいように行動することができるのだな？」

「えっ。そ、それって……。ほ、本当にいいんですか。同情は……」

「馬鹿者。私が同情だけで身を委ねるような女だと思うか。それに、キミはもう少し自分に自信を持つべきだぞ。……いくら動物に触れ合えるための特訓とはいえ、なんの好意も抱いていない者に、ここまでのことを許すはずがないだろう」

しのぶはそう呟き、朱に染まってゆく顔をフイとそむける。

「以前断った時に言ったことも、もちろん本当だ。武の頂を目指すため色恋にかまけている余裕はないと、先日までは確かに、そう思っていた。……だが、こうして陸の想いに触れているうちに、私も陸に応えたいと、そう思うようになっていたのだ」

「しのぶ先輩……それじゃ……」

「……うむ。正直言って、いまだに色恋のことはよくわからないが……陸が私を求めてくれるのならば、私はそれにできうる限り応えたいと、そう思っている」

「じゃあ、あ、改めて……しのぶ先輩。僕の、恋人になってくれますか」

「……ああ。陸が、それを望んでいるなら……私は、キミの恋人になろう」

頬を朱に染めて恥ずかしげに、しかししっかりと頷いて見せたしのぶに、陸の顔がパァッと明るくなる。陸は喜びのあまりしのぶの身体をギュウッと抱きしめ、その唇に唇を勢いよく重ね、熱烈に吸い立てた。

「ああっ、しのぶ先輩っ。ブチュッ、ムチュゥッ。僕、すごく嬉しいです。最高に幸せですっ。チュバチュバ、ムチュルル～ッ」

「んむっ、んぷぅぅ～っ。……ぷあっ。……そ、そうか。そんなに喜んでくれると、私もうれし、むぷっ、ふみゅうぅんっ」

「チュパッチュパッ、ムチュウゥ～ッ。ああっ、僕、キスしてる。主人とペットじゃなく、恋人としてしのぶ先輩とキスしてるんだっ。夢みたいっ、最高ですっ。ブチュブチュッ、ムチュパッ、ジュパジュパジュパッ」

「ふむっ、はむむむぅ～っ!? り、陸。少し、激しすぎ、あむむぷぅ～っ」

陸の歓喜はあまりに大きく、しのぶは呼吸すらままならないほど激しく唇を吸い立てられむしゃぶられてしまう。改めて、これほどまでに強く陸に想われていたのかと知り、しのぶの胸にもじわじわと幸福感が湧き上がってゆく。

陸はしのぶを抱きすくめながら、これまでの溜まった想いをぶつけるかのようにしのぶにキスの雨を降らせる。と同時に、待ちきれぬとばかりに腰がカクカクと動き、はちきれんばかりにいきり立った肉棒の先端がしのぶの恥丘を何度もツンツンとつついた。

「陸……んむっ、ふむぅ……したい、のだな」

「チュパッ、ジュパッ……は、はいっ。僕、しのぶ先輩と……セックス、したいです」

いったん唇を離し、陸が真剣な表情で、しのぶの瞳をじっと覗きこむ。そのどこまでもまっすぐな求めに、しのぶは胸を揺さぶられ、やがてゆっくりと頷いた。

「……わかった。私の初めてを、陸に捧げよう。さあ、キミの思うまま……私を、好きにしてくれ……私を、キミのものにしてほしい」

しのぶの返答に、陸は歓喜のあまりブルブルッと身震いする。そして陸は肉棒の根元に手を添え、カウパーに塗れた亀頭をしのぶの潤った秘唇にピトリと当てると、ゆっくりと腰を押し進めてゆく。

だが、肉棒は思うように前に進まなかった。秘裂のなかでは膣肉がみっちりと詰まり、ゆっくりとした挿入では反発が強すぎてとても進行できなかったのだ。亀頭の半分を膣穴に埋めただけで敏感な笠の表面を膣襞にムチュムチュと四方から揉み立てられ、たまらないほどの快感を味わいながら陸はしのぶに言葉をかける。

「くうあぁっ。し、しのぶ先輩、もう少し力を抜いてもらえますか。なかがきつすぎて、全然入っていかなくて、くうっ」

「わ、私は特別力など入れていないぞ。陸、キミがゆっくりすぎるのではないか。私のことは気にせず、もっと勢いよくしてもかまわないぞ。なに、私は痛みには強い方だからな。大丈夫だ」

言葉通り、しのぶはことさら全身に力を入れて陸の侵入を拒んでいるわけではないようだった。むしろ陸の言葉を聞くと、その長い脚を陸の腰に回し絡めて、陸がより深く侵入できるよう自らサポートを買って出てくれていた。

　やはり女性の初めては痛みを伴うという知識があってどうしても遠慮がちになっていた陸だが、しのぶにこうまでされては、いつまでもまごまごしているわけにはいかなかった。陸は覚悟を決め、もう一度しっかりと肉棒の位置を固定する。

「しのぶ先輩、痛かったらごめんなさい」

「ふふ。気にするな。むしろ、陸から与えられる痛みがどんなものか、気になってしまうくらいだ」

　微笑むしのぶに頷き返すと、陸は意を決して腰を前に押し進めてゆく。グプグプと亀頭が膣穴に半分ほど埋まるが、やはりきつい膣圧にそのままの速度ではそれ以上進めなくなってしまう。

　陸は両手をしのぶの背中に回すとその身体をギュッと抱き寄せ、そして短く息を吐くと、一息に勢いよく腰を前にグッと押し進めた。

　ムリムリムリムリムリィッ！

「ひぐうぅぅ〜〜〜っ!?」

　陸の硬く逞しい肉棒に狭い膣道をミチミチと勢いよく押し広げられ、しのぶはくぐもった呻きを上げて身体を引きつらせる。その悲鳴とあまりに苛烈な締めつけに一瞬躊躇した陸であったが、途中で止めてはまた最初からやり直しになってしまう。ならばと陸はためらいを押し殺し、そのまま奥まで肉棒を突き入れてゆく。

グブグブグブッ、ブチンッ。ズグッ！

「んぎっ!?　あひぃぃぃーーーっ!!」

そして陸の肉棒が処女膜を突き破り、膣奥まで侵入して亀頭が子宮口へズヌッと突き当たる。その瞬間、しのぶはおとがいを反らし白い喉を引きつらせ、快楽とも苦痛ともつかぬ引きつった悲鳴をその唇からほとばしらせていた。

「んくうぅっ！　入った、入りましたよ、しのぶ先輩っ。くあぁっ、しのぶ先輩のオマ×コ、キツすぎるっ。ギチギチに締まって、チ×ポがつぶれちゃいそうっ」

陸はしのぶの膣穴に奥まで肉棒をねじこんだまま、あまりの強烈な締めつけに身体をブルブル震わせている。ただでさえ狭い膣穴に、鍛え抜かれた肉体による天然の搾り機能が備わり、陸はただ挿入しじっとしているだけで暴発してしまいそうなほど激しく追いこまれていた。

「……くぁ……はあぁ……。陸……これで、私のすべては……キミのものに、なったのだな……」

破瓜の痛みにより目尻に涙を浮かべて、それでもしのぶは陸を見つめ、ぎこちなく微笑んでいる。

「……はい。これでしのぶ先輩は、僕の、恋人です。しのぶ先輩のすべて……身体の隅々まで、奥の奥までもう、僕のものですから……チュウッ」

「んぷぅ……ふあぁ、陸ぅ…………んむ、ふむぅ……」

陸もまた微笑み返すと、しのぶの身体の最奥で繋がったまま、その唇に唇を重ねる。二人はチュパチュパと互いの唇を重ね吸い合いながら、一つになったことをじっくりと実感してゆく。

しかし、しのぶの心とは裏腹に、しのぶの身体はまだ陸を己に相応しい男とは認めてはいなかった。痛みさえ伴って押し入ってきたことに抗議するかのように、膣穴は強烈にギチギチと締まり、膣内を穿っている肉棒を排除しようと試みる。舌愛撫の際はあれだけとめどなく溢れ出ていた愛液も、いつの間にかその排出をやめていた。

「くうあぁっ。しのぶ先輩のオマ×コ、メチャクチャ締まるぅっ。チ×ポ、千切れちゃいそうだっ」

「り、陸？　だ、大丈夫か。そんなにきついなら、無理せず抜いてもよいのだぞ」

額に脂汗すら浮かせ呻く陸に、しのぶは心配そうに声をかける。しかし陸はそんなしのぶに笑って見せ、首を横に振る。

「だ、大丈夫です。むしろ、こんなに強く締めつけてくれるなんて、感動するっていうか……。ああ、でもすみません、しのぶ先輩。男として情けないですけど、くあぁっ、ぼ、僕もう、出ちゃいますっ。入れたばっかりなのに、出るっ。しのぶ先輩のオマ×コに、ザーメン出るぅっ！」

感じやすいしのぶの肉体ならば、初体験も優しくリードして絶頂と共に素敵な思い出をしのぶにプレゼントできるはず。そんなふうに思い描いていた陸の青写真は、しのぶの予想以上の名器ぶりに無残に千切り捨てられる。陸はしのぶの肢体にしがみついてその苦痛スレスレの強烈な快感に打ち震えながら、挿入後わずかもたたぬうちに肉棒から精液を迸らせてしまう。

ブビュッ、ブビュルルルッ!!　ドビュッドビュッ、ブビュブビュブビュッ!!

「はひっ、あひぃぃぃーーーっ!?　あっ、あついぃぃっ！　で、出てるっ、出てるぅっ！　身体のなかにっ、オマ×コにっ、陸の熱いザーメンがぁ!?」

肉体の最も内側で熱い粘液を噴射され、しのぶは目を見開き大きく口を開けて絶叫する。ギュウッと陸に肢体を抱きすくめられながら、全身を駆け抜ける初めての強烈な感覚に指先をピクピクとわななかせるしのぶ。

驚いたのはしのぶの脳だけでなく、肉体も同様だったようだ。強烈な締めつけの果てに灼熱の粘液をぶちまけられるという思わぬ反撃を受けた膣穴は激しく動揺し、ますますギュギュッと収縮し陸の肉棒をギチュギチュと締め上げる。

「うあぁぁっ、しのぶ先輩のオマ×コ、ますますきつく締まってるぅっ。チ×ポ、搾られてるっ。ザーメン、一滴残らず搾り出されちゃうっ」

「んはぁっ、んあぁぁーっ！　まだ出てるっ、ドクドク出てるぅっ。オマ×コが熱いっ、パンパンではち切れるぅっ。私のオマ×コッ、熱くてベチョベチョでっ、おかしくなるっ、こわれてしまうぅ～っ！」

ドビュドビュと膣奥に精液を注がれ続け、しのぶは定まらなくなった瞳の焦点をふわふわと漂わせながらビクッビクッと肢体を痙攣させる。互いに互いの性器の反応に驚きながら、離れることもできず二人は深く繋がり合ったまま官能に呑みこまれてゆく。

　気づけばしのぶの狭い膣穴は大量の濃厚な精液でパンパンに膨れ上がり、結合部からはブチャッブチャッと卑猥な音を立てて精液が外へ噴き出し、スパッツに包まれたしのぶの尻をドロドロと汚す。それでも陸の射精は止まらず、カクカクと小刻みに腰を揺らしながら精液塗れの膣穴へ一滴残らず白濁を注ぎこみ続ける。顔射の後、長時間に及ぶ愛撫の間に溜まり続けた興奮が、しのぶと一つに結ばれたという喜びと混ざり合って、呆れるほどの量の精液となりしのぶの身体へと流れこんでいるのだ。

「くうぅっ、うあぁぁっ。しのぶ先輩っ、僕、ザーメン止まりませんっ。しのぶ先輩のキツキツオマ×コがすごすぎて、僕のチ×ポ、壊れちゃいました。僕のザーメン、全部受け止めてくださいっ」

「あひぃっ、はひぃぃぃ～っ……オマ×コ、熱いぃ。ジンジン痺れて、ヒクヒク疼い

て止まらないぃっ。あぁっ、なのに、んおぉっ、んほおぉぉっ！　陸のチ×ポ、ビクビクし続けているっ。ザーメン、オマ×コの奥にドビュドビュ当たり続けているぅっ。ひぐっ、ひゃぐうぅっ！　オマ×コがっ、子宮がビクビク震えてるぅっ。んあぁっ、くるっ、くるぅっ！　アクメッ、アクメがくるうぅ～っ！」

度重なる熱い膣内への放出に、とうとうしのぶの肢体は絶頂への階段を昇り始める。それを感じ取った陸はさらにきつくしのぶをギュウッと抱きすくめ、狭い膣道の精一杯奥へ肉棒をねじこみ、残りすべての精液を子宮口へ叩きつけようとする。

「ああっ、しのぶ先輩、イクんですねっ。僕のザーメンで、一緒にイクんですねっ。イッてくださいっ。初めてのセックスで、中出しザーメンでっ、一緒にアクメしてくださいっ。くあぁぁぁ～っ！」

そして、陸の肉棒は再び、数発分に及ぶ大量の精液をしのぶの膣奥へ盛大に噴き上げる。

ドビュドビュドビュッ！　ブビュッ、ドビュウゥゥーッ!!

「ひゃぐっ、はぐひぃぃぃーーーっ!?　イクッ、イクッイクゥーッ！　オマ×コイクッ、ザーメンでイクウゥゥーーッ!!」

灼熱の粘液をビチャビチャと子宮口に勢いよく叩きつけられ、しのぶはとうとう絶頂まで押し上げられる。目を見開き口から舌をピーンと突き出して、ビクッビクッと肢体を痙攣させながら全身を強烈な快楽に包まれてゆく。

「ああ、しのぶ先輩、本当にアクメしてる……。僕とのセックスで、オマ×コにザーメンを中出しされて、アクメしちゃってるんだ……嬉しいな……。僕、こんなに何回も連続で、大量に射精したのなんて初めてです……。しのぶ先輩……大好きです……んむぅ……チュパ……」

「ひゅむっ、むぷぷぅ～っ！　イクッ、イキュゥ～ッ、ムチュチュッ、チュパッ……ブチュブチュッ、ジュパパッ、イクイクッ、イッキュウゥ～～～ッ！」

すべての精液を放出し終えた陸は、絶頂の余韻に浸りつつ、充実感と共にしのぶの唇をチュパチュパとむしゃぶってゆく。一方しのぶはイクイクとはしたなくも連呼しながら、陸の優しく濃厚な接吻と強烈な絶頂感に酔いしれ、ピクピクと肢体を震わせ続けるのだった。

「んあ……ひあぁ…………イクゥ……はへぇぇ…………」

大量の精液を何度も何度も注ぎこまれ、連続絶頂に陥っていたしのぶは、やがて絶頂の波が途切れると疲弊した身体を道場の床に無造作に投げ出して呆然としていた。ぐったりと脱力しながらも、絶頂の余韻に時折手と足の指がピクッ、ピクッと痙攣している。

「ああ……あのしのぶ先輩が、すごくいやらしい顔になっちゃってる……ムチュ、チュパッ……」

度重なる絶頂に焦点を失った瞳をさまよわせ、だらしなく唇をほころばせて唾液すら口端から垂らしているしのぶの蕩けきった美貌をうっとりと見つめながら、陸はムチュムチュとその唇をむしゃぶる。他人には見せられない互いのみっともない姿を晒し合ったことで、陸はようやくしのぶと本当に恋人同士になったのだという実感が湧いてきていた。

そして気がつけば、あれだけの放出を終えて小さくなっていた陸の分身が、絶頂に震える肉襞に激しく揉み立てられているうちに再びムクムクと膨らみ始めていた。

「くうぅっ……。しのぶ先輩のオマ×コ、やっぱりすごくキツい……」

肉棒が再び大きくなってゆくと共に、しのぶの膣道の狭さが改めてはっきりと理解できる。ただでさえ狭い膣穴に、鍛え抜かれた肉体による驚異的な膣圧。しのぶの性器は驚くべき男殺しの才能を秘めていた。もっともしのぶ以外の比較対象を知らない陸は、噂話で聞いていたよりも女性の膣はずっと狭いものなのだな、と感心する程度で、その幸運に真の意味で気づくことはなかった。

それでも大量に射精された精液が潤滑油となり、初挿入時よりはしのぶの膣壁からは引きつるような抵抗感は薄れていた。そしてしのぶが絶頂に陥ったことで、一時は止まっていた愛液が再び大量にトパトパと膣内へ溢れ出していた。

「しのぶ先輩、抜きますね」

絶頂に意識すら飛ばして呆けているしのぶの耳元でそっと囁き、陸は腰を引いてゆっくりと肉棒を抜いてゆく。だが、今やしのぶの膣穴はそのキツさはそのままに、精液と愛液でヌトヌトに濡れそぼった極上の肉穴と化していた。ヌレヌレの膣襞がまるで抜いてほしくないと言うかのようにヌチャヌチャとまとわりつき、膣穴をさらにキュウと狭めて肉棒を逃すまいと締めつける。

「んくあぁぁっ！　オマ×コすごいっ。チ×ポ、ヌチュヌチュに締めつけられるっ」

陸は快楽の呻きを上げてブルブルッと身震いし、それでもゆっくりゆっくりと慎重に引き抜いてゆく。だがみっちりと締まった膣壁に張り出した亀頭の笠がゾリゾリと擦れるたび、陸だけではなく意識のないしのぶの肉体にも途方もない快感が送りこまれ、その肢体がビクッビクッと反応する。

やがて、肉棒は亀頭のみ膣穴にはめこんだ状態までは引き抜かれたが、陸は完全に肉棒を抜き去ることはできなかった。陸の腰に回されたしのぶの長い美脚が、陸の腰をガッチリとホールドしていたのだ。

「うあ……ど、どうしよう」

意識がなくともしのぶの脚力は驚くほど強く、陸は自分では振りほどけそうになかった。陸が困り果てていると、いつの間に意識を取り戻したのか、しのぶがトロンとした目を向けて陸をじっと見つめていた。

「陸……抜いてしまう、のか?」

「えっ。は、はい……。あんなに出しちゃったし、しのぶ先輩も気を失っちゃってたから、終わりにしないといと思って」

「そうか……。優しいな、陸は。……だが、本当はまだ、満足していないのではないのか。今も、そんなに激しくチ×ポをいきり立たせて……」

「あ、いやその、これは……しのぶ先輩のオマ×コが、抜いている間もすごくキツかったから、いつの間にかこんなになっちゃって」

節操なしと言われているようで、陸は羞恥に顔を赤くし、俯きがちに言葉を濁す。そんな陸にしのぶは優しく微笑み返すと、その両手を伸ばし、陸の首に巻きつけて耳元に唇を寄せる。

「陸……。本当の気持ちを教えてほしい。キミはまだ、したいのではないのか」

「えっ。それは……。で、でも、しのぶ先輩は初めてだし、あんなにぐったりしてて……」

「言ったろう。私は体力には自信があると。このくらいでへばったりはせん。……それに、私の女らしくない身体のせいで、キミはただ挿入しただけになってしまったろう。本当はもっと、したいことがあったのではないのか」

女らしくない、というのはその強烈な膣壁の締まりのことを言っているのだろう。しのぶはその鍛え抜かれた肉体を、女らしさとは真逆の位置にあると思いこんでいる節がある。それだけに、己の肉体のせいで陸が満足できなかったのではないかと気に病んでいるのだ。本当は、尋常ならざる強烈で濃厚な初体験であったというのに。

しのぶは上目遣いでじっと陸の顔を見つめている。その膣口も、陸が抜くのを拒むように亀頭の笠をキュッと締めつけている。

あれだけの射精を繰り返し、たしかに疲労感はあった。だが、ようやく結ばれた恋人にこのように尋ねられて、このまま終わりにできるわけがない。残るすべてを振り絞ってでも、再びしのぶを求めたい。陸は、口内に溜まった唾をゴクリと呑みこむ。

「しのぶ先輩……僕、もっとセックスしたいです。もっともっと、しのぶ先輩と繋がりたい。……いいですか」

「……ああ。私に拒む理由はない。陸のしたいように……私を、求めてくれ」

そう言ってニコリと微笑むしのぶの笑顔に、陸の感情が振りきれる。陸は両手をしのぶの背中に回してギュッと抱き寄せると、膣口に亀頭だけを埋めこんだいきりたった肉棒を、腰を押し出してもう一度膣穴へ挿入してゆく。

「んぐっ……ひぐっ、んおっ、んおぉぉぉ～っ」

亀頭が膣肉をムリムリと掻き分け、肉棒が膣穴にズブズブと埋めこまれてゆくと、しのぶは呻きと喘ぎが入り混じったくぐもった声を漏らし、ビクビクと身悶える。しばらくみっちりと肉棒を填めこまれていたにもかかわらず、陸が膣口まで引き抜いたわずかな時間の間に膣穴はしっかり収縮していたため、再びの挿入により改めて目いっぱいに押し広げられる。その割り裂かれてゆく感覚が苦痛スレスレの強烈な快楽となってしのぶに襲いかかったのだ。

そうしてみっちりと詰まった媚肉を掻き分けながら肉棒は深々と呑みこまれてゆき、やがてその先端が膣の最奥にある子宮口にズグンッと突き刺さる。

「ふぐぐっ、んおぉぉ～っ……おひぃっ!?」

その瞬間、電撃のような激しい快感が体奥から全身へ弾け飛び、しのぶはガクンッと首を仰け反らせて嬌声を上げた。

「くうぅ～っ。やっぱりすごいです、しのぶ先輩のオマ×コ。痛いくらいにキツキツで、チ×ポが潰されちゃいそうで。でも、ザーメンと愛液で今はオマ×コがすごくヌトヌトに潤ってるから、擦れても痛みは感じないです。しのぶ先輩はどうですか？もし痛いようなら、やっぱりやめにしますけど……」

キツキツでヌトヌトの肉穴にギチギチと肉棒を食いしめられる強烈すぎる快感に身震いしつつ、それでも陸はしのぶの顔を覗きこんでそう尋ねてくる。

「……んあぁ、あひぃ……だ、大丈夫だ。……とても、キツイが……痛みは、ない……。だから、私にかまわず……キミの、したいようにしてくれ……」

肉穴をミチミチと広げられて唇をフルフルとわななかせ、それでもしのぶは優しい瞳を陸に向けて頷いて見せる。そんなしのぶのけなげな姿に陸は感激し、その想いに応えるべく再び腰を動かしてゆく。

「しのぶ先輩、今度は抜きますね。痛かったら、言ってくださいね……くうっ……」

陸は床に両手をつくと、ゆっくりと腰を引き肉棒を膣穴から引き抜いてゆく。狭い膣穴のなかで亀頭の笠が肉襞をゾリゾリと引きずり出すように擦り上げてゆき、ゾクゾクするような快感をしのぶの肢体へと送りこむ。

「んあぁっ、ふあぁぁ～っ！　……あひっ、きゃひぃぃぃ～っ……」

内臓が捲くれ返るような感覚と共にゾワゾワと生じる疼くような快感に、しのぶは甲高い悦楽の悲鳴を上げて肢体をググッと仰け反らせる。

そうして再び亀頭のみが膣口に引っかかった状態まで引き抜くと、早くも収縮を始めた膣穴に陸は間髪入れずに肉棒をヌグッヌグッとねじこんでゆく。

「んぐっ、ふぐぅぅ～っ……んおっ、はおぉぉ～っ……！」

引きずり出された膣壁を押し戻されてゆくような感覚に、しのぶは再びくぐもった呻きを上げ身体を丸める。

「ひぐっ、ふあぁぁぁ～っ……あひぃんっ！」

そしてその緊張も、子宮口に亀頭がズグンとぶち当たることによって快感として全身に飛び散り、しのぶの肢体をビクビクッと暴れさせた。

それから陸は、大きく深いストロークでしのぶの膣穴をじっくりじっくりと味わい尽くしていった。膣肉をムリムリと押し広げられる感覚、子宮口をズンッと突き上げられる感覚、膣襞を亀頭の笠でゾリゾリ擦られながら肉棒を引き抜かれる感覚。それら三つの別種の快感が繰り返ししのぶの肉体を襲い、しのぶは快楽の悲鳴を上げながらただただその快感に翻弄されてゆく。

「んぐっ、ひぐぐっ……んあひぃーっ！　……んあぁっ、ひあぁぁ～っ……」

ズグッ、ズグッと肉棒が埋めこまれ引き抜かれるたびに、しのぶの美貌は愉悦に蕩け、だらしなくほころんだ唇から嬌声が漏れ出る。陸は湧き上がる快感に必死で耐えながら、ただひたすらにしのぶの膣穴へズグズグと肉棒を抽送してゆく。

しかし、それもさほど長くは続かなかった。しのぶの膣穴は潤いこそ増してゆくもののその締めつけはどれだけ抽送を繰り返そうがキツイままで、一突きごとに陸へ途方もない快楽をもたらし、射精への階段を駆け上らせていったのだ。

「くうぅっ、うあぁぁっ！　キツキツのヌチュヌチュオマ×コ、気持ちいいっ！　し、しのぶ先輩っ、僕、出ちゃいますっ。しのぶ先輩のキツキツオマ×コのなかで、イッ

れぇっ！」

「んあぁっ、ひあぁぁぁっ！　い、いいぞ、陸っ。私のなかで、きもちよくなってくれっ。あぐぐっ、くひぃっ！　私の、オマ×コのなかでっ、ひぐっ、思いきりイッてくれぇっ！」

陸は再びしのぶの背中に両手を回してギュウッと抱きすくめると、腰だけを前後に大きく振って精一杯のストロークでしのぶの膣穴を犯してゆく。

「くうぅぅ〜っ！　し、しのぶ先輩っ。少しだけ、速くしますねっ。思いっきり射精するために、ちょっとだけしのぶ先輩のオマ×コ、激しく犯させてくださいっ」

「んくぁっ、あはぁぁぁっ！　ま、任せるっ。陸の気の済むようにっ、好きなだけ私の、オ、オマ×コをっ、使ってて、犯してっ、ひぐっ、はひぃぃぃっ!?」

このまま搾られていても遠からず射精していたであろうが、陸はしのぶの膣奥に己の思いの丈を思いきりぶつけるべく、腰のストロークを一段階速める。

より激しく膣穴をズグッズグッと突きこまれ、湧き上がる一際強烈な快感にしのぶはくぐもった悦楽の悲鳴を漏らし、肢体をガクガクッと暴れさせる。

「うあっ、くあぁ〜っ！　オマ×コ、キツすぎるぅっ！　も、もうダメだっ。しのぶ先輩っ、僕っ、イキますっ。しのぶ先輩のオマ×コのなかで、イキますっ！」

陸もまた肉棒をきつく搾り上げる膣穴の前に限界を迎え、しのぶにそう宣言すると、思いきり腰を突き出し膣穴の最奥まで肉棒を深々とズブズブねじこんでゆく。そして膣奥に亀頭が当たると、さらに深く押しこみ子宮口に亀頭を半ば押しこみながら、たまりにたまった快感と共にその欲望を放出する。

「くうあぁぁ〜っ！　いっ、いくっ。しのぶ先輩のなかでっ、オマ×コでいくぅーっ！」

ドビュドビュビュッ!!　ビュクビュクッ、ブビュビュッ、ドビュドビュドビュゥーッ!!

「ひあああぁぁぁぁぁーーーっ!?　イッ、イクッ、イクウゥゥーッ！　オマ×コイクッ、ザーメンでイクウゥゥーーーッ!!」

膣奥に零距離でブビュブビュと灼熱の粘液を勢いよく浴びせられ、しのぶはおとがいを反らし白い喉をヒクつかせて絶叫する。陸は少しでもしのぶの奥で精液をぶちまけようと、射精しながらグイグイと腰を押しつける。

「くうぅっ！　しのぶ先輩のオマ×コ、ギュンギュン締まってきたっ。チ×ポ搾られてるっ。アクメマ×コがザーメンを一滴残らず搾り出そうとしてるぅっ。くあぁーっ」

射精中の肉棒を膣肉にさらに激しく搾り上げられ、陸は呻きながらさらに精液をぶちまける。

「あひっ、はひぃぃーっ！　オマ×コあついっ、ザーメンがあついぃ～っ！　まだ、まだ出てるっ。ドパドパ出てるっ、奥にビチャビチャ当たってるっ。はひぃ～！」

敏感すぎる膣奥への容赦ない大量射精の前に、強烈すぎる快感の嵐で理性が吹き飛んでしまいそうになったしのぶは、両手両足を陸の首と背中へ回して己を繋ぎとめるように必死でしがみつく。それがより深い挿入をもたらし、しのぶは身体の内側から陸という存在に焼き尽くされ印を刻まれてゆく錯覚に陥る。

「しのぶ先輩のオマ×コ、最高ですっ。しのぶ先輩とのセックス、めちゃめちゃ気持ちいいですっ。しのぶ先輩っ、大好きですっ！」

「んあぁっ、ひあぁぁっ！　わ、私もだっ。陸のチ×ポがすごいっ。陸のザーメンがあついぃっ。陸がっ、陸がぁっ、愛しくてたまらないぃ～っ！」

頭のなかまで快楽に呑みこまれた二人は、互いの心に浮かんだままをただ口走り、互いを求める。いつしか二人は共に腰を振り、バチュッバチュッと卑猥な音を立てながら股間を打ちつけ合う。結合部からは精液と愛液の混じり合った淫らな液体が抽送のたびにブジュッブジュッと卑猥な音を立てて飛び散る。

「ああっ、しのぶ先輩、しのぶ先輩っ。ブチュッ、ムチュチュゥ～ッ」

「んぷあぁっ、陸っ、陸ぅ～っ。ムチュッ、プチュプチュゥッ」

二人は腰を振りつつ唇を重ね、身も心も一つに溶け合ってゆく。いつしか陸の射精は終わっていたが、それでも二人は唇を貪り合い腰を振り続ける。

そうして二人は互いが気を失うまで、繋がったまま何度も射精し精液を受け止め、互いを求め続けるのであった。

第四章 イカされまくりの初体験！

目を覚ました陸が道場の窓へ視線を向けると、外はすでに薄暗くなっていた。頭の下になにか柔らかな感触があることに気づいた陸は、視線を上へ向ける。するとそこには、普段のクールな表情とは違う、慈しむような視線を向けているしのぶの顔があった。

「おはよう、陸。目が覚めたようだな」

「おはようございます。といっても今は夜みたいですけど。僕、気を失っちゃってたんですね。しのぶ先輩はいつ起きたんですか」

「私もつい先ほど目を覚ましたばかりだ」

頭の下の柔らかな感覚は、しのぶの膝枕だった。名残惜しくはあったが、陸はゆっくりと身体を起こす。

しのぶはすでに新しい道着とスパッツに着替えていた。いつも通りの凜々しい姿を見ているとあの記憶は夢だったのではないかと思えてしまう。しかし身体に残る気だるさと、そして陸に向けられるしのぶのこれまでとは変化した視線が、しのぶと身体を重ね合ったあの時間が幻ではなかったことの証明であった。

「風呂は沸かしてある。汗を流してゆくといい」

ねぎらうしのぶに、しかし陸は首を横に振る。

「いえ。今日はもう帰ります。しのぶ先輩こそ、ゆっくりお風呂に入って洗い流したいでしょう。僕は家で入ることにします」

真新しい道着に着替えてはいたが、その乾いた髪を見ればしのぶがとりあえず残滓を拭っただけの入浴前であることはすぐにわかった。

「そうか？　遠慮しなくてよいのだぞ」

「いえ、遠慮なんかじゃなくて……。今お風呂なんか借りちゃったら、僕、今日は帰りたくなくなっちゃうだろうから」

もし今湯上がりのしのぶを目にしたら、陸は自分を抑える自信がなかった。いや、しのぶが入浴中と考えるだけで、待ちきれずに浴室に突撃してしまうかもしれない。そうすれば陸はまた夜通ししのぶを求めてしまい、明日から連休も明けて学園が始まるというのに、遅刻はおろかいきなりエスケープしてしまう可能性もある。自分だけならともかく、しのぶをそんなことに巻きこむわけにはいかなかった。

「そうか……。わかった」

そう呟いたしのぶが少しがっかりしているように見えたのは、陸の自惚《うぬぼ》れだろうか。もしかしたらしのぶも、今夜これからに想いを馳せていたのでは、などと思ってしまう。

「その代わり、というわけじゃないですけど……。明日から、一緒に学園に行きませんか？」

「学園に？　だが、それは……」

陸の申し出に、しのぶが顔を曇らせる。自分に関わることで。陸の立場を悪くすることを気にしているのだろう。しかし、陸ははっきりと首を横に振る。

「大丈夫です。僕は気にしません。それに、彼女ができたら一緒に学園へ登校するのが僕の夢だったんです。だから、おねがいします、しのぶ先輩」

真剣な表情で、陸がズイと詰め寄る。しばし思案していたしのぶは、やがて小さなため息と共に、コクリと頷いた。

「……わかった。共に行こう。では、明日も道場で待っているぞ」

「はいっ。ありがとうございます、しのぶ先輩」

そうして二人はまた明日会う約束をかわし、陸は一人家路についた。しかし陸はこの夜、欲望を抑えて格好をつけたことを少々後悔することになる。ふとしたタイミングでしのぶの裸体と嬌声を思い出してしまい、日中あれだけ放出したにもかかわらず、悶々と自慰を繰り返してしまったのだ。

一方のしのぶも、寝床に入って目を閉じるも気づけば陸の愛撫の感触と肉棒の逞しさを思い返し、悶々としてなかなか寝つけずにいたのだった。

翌朝、陸はまだ夜が暗いうちに家を出て、道場へと向かう。さすがにいつもより一時間以上早い時間であったのでしのぶはまだ起きていないだろうと思いきや、道場の窓からはすでに拳を振るうしのぶの声が漏れ聞こえていた。

そしてそのまま普段より随分早く早朝稽古が行われてゆく。しのぶの一挙手一投足を見守りながら、単純に稽古量を増やしただけであったらどうしようと考えていた陸であったが、登校する時刻より随分早く稽古が終わりを迎えたことで、しのぶもまた自分と同じ思いであったのだと気づく。

「しのぶ先輩っ」

稽古を終えたしのぶが一礼をし、顔を上げるか上げないかのうちに、陸は立ち上がりしのぶに駆け寄って思わずその身体を抱きしめていた。

「り、陸っ？　な、なにを……んぷぅっ!?」

「ムチュチュッ、チュパッ、ああ、しのぶ先輩っ。僕、昨夜はなかなか眠れませんでした。早くしのぶ先輩に会いたくて、こうしてキスしたくてっ。ブチュチュッ、ジュパッチュパッ。ああ、稽古の後のしのぶ先輩、スンスン、汗の匂いがして素敵です。しのぶ先輩、僕、しのぶ先輩とセックスしたいですっ。セックスしましょう、しのぶ先輩っ」

「ああっ、お、落ち着いてくれ、陸、むぷぅんっ。んぷぷっ、チュパッチュパッ。ふあぁ、そんなに汗の匂いを嗅ぐな、ひぅっ、股間をグリグリ押しつけるんじゃない、んあぁぁっ……」

たった今までどんな男も薙ぎ倒せるだけの拳を振るっていたというのに、陸に詰め寄られるとしのぶは途端にたじろいでしまう。早朝からの稽古は、あくまで自分としては悶々とした気持ちを打ち払うためのつもりであった。しかし心のどこかで、こうして陸に求められることを予感しその時間を作っていたのかもしれない。

そうしてしのぶはそのまま陸に組み伏せられ、朝からこってりとその身体を求められ喘ぎ鳴かされてしまう。そしてこの日から、朝稽古の後の濃厚な朝セックスが日課として組みこまれることとなり、しのぶの起床も必然的にこれまでより一時間以上早くなったのであった。

すっかり夜の闇が打ち払われ、眩い朝日が射しこんでいるこの時刻。通学路として学園の生徒によく利用されているこの通りが普段より騒がしいのは、連休明けであるという理由だけではなかった。

（……やっぱり、見られてるなぁ）

周囲の視線とひそひそ声を感じながら、陸は思わず苦笑した。今、陸の傍らでは、セーラー服姿のしのぶが並んで歩いている。周囲は陸と傍らのしのぶを交互に見て、改めて噂は真実であったのだと確認しているようだ。

今朝、なし崩しでしのぶを求めてしまい身体を重ね合った後、シャワーを借りた陸はいつもとは違い屋敷の門前でしのぶを待っていた。本当に門前で待っていた陸に驚いた顔をしたしのぶは、しかしうっすらと微笑むと、陸と並んで歩き出した。

大通りに出るまでは他愛もないおしゃべりも弾んでいたが、こうして周囲に学園の生徒が溢れ出すと、周囲のざわめきの大きさに反比例して二人の口数は減っていった。

若干居心地の悪さを感じつつも、それでも傍らのしのぶの横顔を見ればそんな心地も吹き飛ぶというもの、と隣に視線を向けた陸だが、いつの間にかしのぶの姿は陸の斜め前に進んでいた。なおも少しずつ離れてゆくしのぶとの距離。

「ま、待ってください、しのぶ先輩っ」

しのぶが歩くスピードを上げていることに気づいた陸は、思わず声を上げ、右手を伸ばしてしのぶの左手をつかむ。その瞬間、周囲からどよめきが上がるが、陸の耳にはもう入らなかった。

「陸……」

振り返ったしのぶは、少し困ったような顔をしている。しかし陸はもうしのぶが離れていかないようにと、その柔らかな手のひらをギュッと握りしめる。

「一人で先に行っちゃイヤですよ。僕は一緒に学園に行きたいんですから」

「だが……」

「昨日、約束してくれたじゃないですか。一緒に行くって。僕は、しのぶ先輩と一緒に学園に行きたいんです。誰にどう思われようが、関係ないですから」

じっとしのぶを見つめる陸の目。そうは言っても羞恥を感じているのは、赤くなっている耳を見ればよくわかる。それでも陸は決して握った手を放そうとしなかった。

これではますます視線が集まるばかりだ。

「……わかった。すまなかったな。もう勝手に一人で行ったりしない」

「……よかったぁ。それじゃ、一緒に行きましょう、しのぶ先輩」

陸はニコッと笑うと、大きく足を踏み出してしのぶの横に並び、そしてまた歩き出す。だがその手は、しのぶの手をしっかりと握ったまま。

「お、おい陸……手を……」

「ダメですよ。手を放したら、また一人で行っちゃうかもしれないし。このまま手を繋いでいきましょう」

「…………むぅ」

悪名高き美少女格闘家と平凡な少年が手を繋いで学園へと向かう様子は、嫌でも周囲の目を惹いてしまう。先ほどより悪化してしまった状況にしのぶは眉をしかめる。

しかし陸の手のひらの温もりを感じているうちに、いつしか周囲の喧騒も気にならなくなってゆく。

そうして二人は周囲の注目の的になりながらも、互いの手のひらを握りしめたまま学園へと向かったのだった。

昼休み。昼食の包みを手に、しのぶは校舎脇に並ぶベンチへとやってきた。

「あっ。しのぶ先輩、こっちです」

と、しのぶの姿を見つけた陸が、ブンブンと手を振ってくる。朝、校門での別れ際に、お昼を一緒に食べようと陸にせがまれたのだ。

「静かでいいところだな」

しのぶは陸の傍らに腰を下ろし、昼食の包みを開く。そこには少々大きめのおむすびが二つと、玉子焼きとたくあんの入った小さなタッパーが入っていた。

「へ～。なんだかしのぶ先輩らしいお昼ですね。簡素と言うか、質素と言うか」

「朝は修練もあってあまり時間がないから、簡単にな。……別に、料理は苦手ではないぞ」

「本当ですか？　それじゃ、玉子焼きを一つもらってもいいですか」

「あ、ああ。かまわん。……な、なぜ口を開けているのだ」

「だって僕、今日はパンだから、箸を持ってないんですもん。だから、あ～んっ」

「うっ、くぬ……ほ、ほら」

ひな鳥のように口を開けて待つ陸に、しのぶは仕方なく自分の箸で玉子焼きを摘まみ、その口に運んでやる。そしてモグモグと咀嚼《そしゃく》する陸を、一見気にしていない風を装いつつも、横目でチラチラと様子を窺う。

「うんっ。美味しいです。薄めの味付けだけど、焼き加減もちょうどよくて」

「そ、そうか……」

料理を褒められて耳が少し赤くなりながらも、しのぶはおむすびの包みをはがしてゆく。しかしいざ口に運ぼうとしたところで、再び陸の羨ましげな視線が突き刺さってきた。

「しのぶ先輩の握ったおむすび……いいなぁ……。ねえ、しのぶ先輩。よかったら僕のパンとそのおむすび、交換しませんか」

「交換？　別にかまわんが、ただのおむすびだぞ」

「ただのじゃないですよ。しのぶ先輩の握ったおむすびです。ね、いいでしょう」

期待に目を輝かせて顔を見つめてくる陸を無碍《むげ》に扱うこともできず、しのぶはため息と共に仕方なく手にしたおむすびを陸に差し出した。元々食事に強い思い入れを持たない方なので、日々大して変わらぬ味付けの自作のおむすびにさほど強い思い入れもない。むしろ代わりに手渡されたコロッケパンの方が、ほとんどコンビニへ行かないしのぶには物珍しく感じられた。

「やったっ。しのぶ先輩の手作りおむすび～♪　……うんっ。おいしい。コンビニのおむすびなんかとは全然違うや。中はおかかなんですね。う～ん、おいしいっ」

おむすび一つで満面の笑みを浮かべ上機嫌な陸に目を細めつつ、しのぶは手にしたコロッケパンを口に運ぶ。

「あ～。それにしても、昼休みに彼女の手作り弁当を食べられるなんて、まるで夢みたいだ」

「ぶふっ！　げふっ、げふんっ」

「うわっ。だ、大丈夫ですかしのぶ先輩。はい、お茶です」

だが陸の呟きに反応し、しのぶは思わずむせてしまう。手渡されたお茶のペットボトルを呷り、なんとか呼吸を整える。

「みょ、妙なことを言うな。変なところに入ってしまったではないか」

「別に変じゃないですよ。しのぶ先輩の手作りのおむすびと玉子焼きを食べられるなんて、本当にラッキーだなって思っただけです。ウチ、母親いないから、おむすびとか玉子焼きとかに憧れちゃうんですよねえ」

「……そうだったのか」

陸の言葉に、しのぶは視線を落とす。だが陸はあっけらかんとしのぶに笑ってみせる。

「あ、気にしないでくださいね。母親が亡くなったのは、僕がまだ小さい頃だったから、ほとんど覚えてないですし」

「そうか。……実は私も、早くに母親を亡くしていてな。父は修行の旅に出ているので、今は一人で暮らしている」

「そうだったんですね。しのぶ先輩も……」

陸にあまり驚いた様子がないのは、噂でおおよそは聞きかじっていたからだろう。

しかし、改めて考えると、恋仲になった割にはお互いのことをなにも知らぬように思えた。

「しのぶ先輩。僕、しのぶ先輩に聞きたいことがあるんですけど……いいですか？」

そう言って、陸はしのぶの顔を覗きこむ。おそらく今までも気になってはいたことがいくつもあったのだろうが、聞く機会がなかったのだろう。しのぶもまた特別秘密を作ってきたようなことはないが、自分から自身のことを積極的に話すような性質でもなく、また陸のように無防備に近くへ寄ってきた者がこれまでいなかっただけに、話す機会もなかった。

「ああ。かまわない」

陸が現れて、誰かが側にいることには随分と慣れたつもりだった。しかし改めてこうしてお互いのことを話すことも、それはそれで悪くない。午後のうららかな陽射しを浴びながら、しのぶはそんなふうに考えていた。

「それじゃ、しのぶ先輩がお父さんを倒したのが原因でお父さんが武者修行の旅に出かけたっていう噂は、あながち嘘じゃなかったんですね。さすがしのぶ先輩」

陸は感心したように頷き、憧憬の視線をしのぶに向けている。これまで同様の話題になると畏怖の視線を向ける者がほとんどだったというのに、陸の純粋な視線はあまりにもこそばゆい。

「とはいえ、あの時はたまたまカウンターで上手く肘が入っただけだ。あれだけで父を超えたなどと言うのはおこがましすぎる話だ。だが、父は自分に厳しい人だからな。そんな一瞬の隙を作った自分が許せなかったのだろう。……次に帰ってくる時は、父は一回りも二回りも強くなっているはず。私もそんな父に顔向けできるように、しっかりと自分を磨いておかねばならない」

陸が聞き上手なのか、あまり言葉を選ぶのが上手ではないしのぶであったが、思いのほかスラスラと自身のことを打ち明けていた。

「それじゃ、しのぶ先輩が門下生を全員倒しちゃったせいで道場が無人になったたって噂は……」

「門下生たちは元々道場主の父に教えを乞うていたんだ。その父が修行の旅へと出かけたのだから、父のいない道場に通う意味はないだろう」

「それはそうですよね。当たり前かぁ」

「門下生の方のなかには今もよくしてくれる人たちがいる。こちらの出稽古に付き合ってもらったりな。噂の出所は知らんが、妙なこじれはない」

陸に真実を話すことで、しのぶは随分と心がスッキリしたように思えた。噂を気にする性質ではないとはいえ、やはりどこかで自身を正しく理解されない不満が溜まっていたのかもしれない。

「今日は、しのぶ先輩とたくさん話ができて、楽しかったです。よかったら、明日からも一緒にお昼を食べませんか？」

「ん。そう、だな……。私も、陸と話すのは……有意義だった。キミがいいなら、明日からも一緒に食事をしよう」

「本当ですか？　へへっ、やったぁ」

無邪気に喜ぶ陸の笑顔に、しのぶの胸も温かくなる。そして、普段なら決して自分からは口にしないようなことも、つい口をついてしまう。

「ところで……今日と同じ簡単なものでよければ、弁当……作ってこようか？」

「ええっ？　い、いいんですか？」

「あ、ああ。と言っても、本当におむすびとおかずが少しだけの簡単なものだぞ。それでいいなら、別に一人分も二人分も手間はそう変わらんからな」

いかにも特別なことではないとうそぶきつつ、しかし頬が朱に染まってしまうしのぶ。一方の陸は、握り拳を作り感動に天を仰いでいた。

「彼女の……しのぶ先輩の手作り弁当が毎日食べられるだなんて、こんなに幸せなことがあっていいんだろうか……く〜っ。ぜ、ぜひおねがいします、しのぶ先輩っ。ああもう、今から楽しみでおなかが減ってきちゃいますよっ」

「お、大げさだなキミは。それに今食べたばかりだろう。……フフッ」

陸のオーバーで、しかし素直な反応に、しのぶはクスッと笑みを漏らした。

とその時。陸としのぶの座るベンチから半径二メートルほどの距離を開けて、野良ネコたちがこちらの様子を窺っていることに気づいた。

「おっ。おまえらか。今日は僕のパンを取りに来ないのか?」

陸もそれに気づいたか、野良ネコたちに話しかけつつ無造作に右手を差し出す。その瞬間ネコたちはピクッと身体を震わせたが、しかし傍らのしのぶを警戒しているのだろう、なかなか近寄ろうとしない。

「……陸。私がいては、あの子たちも寄ってはこないだろう。私はもう教室に戻ろう」

「なに言ってるんですか、しのぶ先輩。僕はネコたちよりしのぶ先輩といたいですよ。お〜い、こいこ〜い」

立ち上がりかけたしのぶの制服の袖を左手でつかみつつ、陸は右手でネコたちに手招きする。すると一匹の子ネコが、おっかなびっくり少しずつ陸のそばへトコトコと近づいてきた。

しのぶは再び腰を下ろすと、なるべく気配を消し息を殺してじっと待つ。子ネコは警戒しつつも近づいてくると、差し出された陸の手のひらをチロッと舐める。すると陸は子ネコをスッとすくい上げ、自分の膝の上にぽふっと下ろした。

「すごいな、キミは……」

陸の膝の上がよほど心地よいのか、いつの間にか無警戒に丸くなっている子ネコの姿に、しのぶは思わず嘆息を漏らす。

「う〜ん。別に特別なことはしてないんですけどね。そうだ。しのぶ先輩も触ってみます？」

丸まった子ネコの背中を手のひらで撫でながら、陸がそう提案する。その瞬間、しのぶの胸がドキッと震える。

「よ、よいのか？　……そ……それでは……」

しのぶはゴクリと唾を呑みこむと、慎重に慎重に、ゆっくりとその手を子ネコへ伸ばしてゆく。だが、しのぶの手が近づくにつれ、あれほど無警戒だった子ネコが毛並みを逆立てブルブルと震え出し、やがては陸の膝から降りて身体の陰に隠れてしまった。その反応に、しのぶはガックリと肩を落とす。

「……くぅっ。やはり、私ではだめなようだ」

「そんなことないですって。しのぶ先輩は力が入りすぎなんですよ。そうだっ。しのぶ先輩、特訓を思い出してください。身体の力を抜いて、リラックスして……自分の手が、特訓の時の僕の手と同じだと思って……」

陸は右手で怯えている子ネコの背中をあやすように撫でながら膝の上へ戻すと、左手を伸ばしてしのぶの右手をキュッと握る。その温もりを感じていると、しのぶの身体から緊張やこわばりが取れてゆき、しのぶは安らいだ心地でごく自然に左手を子ネコの背中へと差し出した。すると。

「あっ……」

しのぶの手のひらに、柔らかな毛並みの感触が広がる。子ネコは丸まったまま心地よさそうに、しのぶの手のひらを受け入れたのだ。

「ほらね。触れたでしょう」

陸がニコッと微笑む。その笑顔に、しのぶの胸がキュウンッと疼いた。

しのぶは右手で陸の手を握り返しながら、左手で子ネコの背中を存分に撫でてゆく。それは思い描いていたよりもずっと温かく、柔らかい感触であった。そして気づけば遠巻きにこちらを見つめていたネコたちも、円を狭めて二人の足元へとじゃれついていた。

「ん？　どうした、おまえら。腹が減ったのか。でもお昼食べちゃったから、今はなにもないんだよな〜」

足元にじゃれつくネコたちへ陸がそう話しかけると、ネコたちは不満げにニャーニャーと声を上げる。しばしもふもふとした子ネコの柔らかさに酔いしれて陶然としていたしのぶだったが、その声にハッと気がつくと、制服のポケットをまさぐり缶詰を一つ取り出した。

「陸。これをやってくれ」

「えっ。あ、これ、猫缶じゃないですか。よかったな〜おまえら。しのぶ先輩にちゃんとお礼を言うんだぞ」

猫缶の蓋を開けた陸が地面に置きつつそう言うと、ネコたちはおずおずとしのぶの前に進み出て、靴のつま先をチロッと舐めてから、猫缶へ群がっていった。

「…………っ！」

何匹もの子ネコたちにつま先をチロッと舐められて、しのぶはこれまでの人生で味わったことのなかった状況に思わずブルブルッと身震いしてしまう。そんなしのぶの手を握りながら、陸は目を細めてしのぶを見つめていた。

「前に猫缶を投げてくれたの、やっぱりしのぶ先輩だったんですね」

「うっ。な、なんのことだ。私は……知らないぞ……」

しのぶは真っ赤に染まった顔を俯かせ、羞恥を紛らわすように子ネコの背中を撫で繰り回す。それでも子ネコは嫌がりもせず、うららかな陽気に包まれてニャ〜ンと間延びした鳴き声を上げるのだった。

二人が結ばれてから、一週間ほどが経過した。相変わらず二人共に周囲から孤立している状況ではあったが、恋人という唯一無二の存在を得たことで、以前ほど孤独を感じることもなくなっていた。

学園では登下校を共にし、昼休みにはしのぶが自ら作った弁当を食べる。最初のうちはおかずも質素であったが、日が経つにつれ一品、二品とおかずの種類は充実していった。

そして朝夕は、陸の見守るなかでしのぶは黙々と修練に励む。陸の視線を感じることで、しのぶはこれまで一人で拳を振るっていた頃よりも、心身ともに充実しているように感じていた。修行開始前の基礎体力練習には陸も加わり、少しずつではあるがしのぶに相応しい男になろうと自らを磨くようになっていた。

そして修練後は、主に陸から求めてお互いに身体を重ね合った。道着とスパッツに汗を染みこませたしのぶの肉体は陸にとって魅惑のフェロモンを放っており、陸をケダモノにして何度も求めさせた。しのぶもまた、全力で己を愛してくれる陸に、次第に女としての悦びを覚えてゆくのだった。


そんなある日の放課後。陸は日直の仕事があるとのことなので、しのぶは久々に一人で家路についていた。以前は当たり前だった状況なのに、なぜか妙に寂しく感じられてしまう。そんな自分の変化に戸惑いつつ屋敷の前までやってくると、ふとそこに見覚えのある姿を見つけた。

「おまえは……あの時の……」

それはいつぞや公園で助けた子犬であった。影崎邸の門の前にペタンと座り、パタパタと尻尾を振っている。どうやら機嫌はよいようだ。

「……そうだ。私がこの子を抱いて待っていたら、陸はびっくりするだろうか」

最近は陸と一緒の時にではあるが昼休みに野良ネコたちを撫でることもできている。もし一人でも動物に懐かれるようになったその姿を見れば、陸は喜んでくれるかもしれない。

そう考え、しのぶは子犬の前で静かに膝を折る。子犬がピクッと身体を震わせるが、しのぶは極力心を波立たせず、静かにその右手を差し出す。

「さあ……おいで……。いい子だ……いい子……」

陸に撫でられている時の気持ちになりきり、しのぶは吐息混じりに小さく呟きながら、子犬を招き寄せる。しばし逡巡していた子犬は、やがておそるおそるではあるが、しのぶの方へトコトコと近づいてくる。

「ウフフ……そう、いい子だな……。さあ、おいで。たっぷり、かわいがってやろう……」

しのぶの甘い囁きに誘われるように、子犬はフラフラと引き寄せられていった。

「思ったより早く終わったな。これならしのぶ先輩に待っていてもらえばよかったかも」

予想以上に日直の仕事が早く片付き、陸は小走りで影崎邸へ向かっていた。実際には陸の悪名に恐れをなした女子生徒が仕事のほとんどを引き受けて大急ぎで終わらせてしまったのだが、陸はその事実に気づいてはいなかった。

角を折れ影崎邸の門前へとやってくると、しのぶがその場でしゃがみこんでいた。

「あれ？　そんなところでどうしたんですか、しのぶ先輩」

陸が声をかけると、しのぶは困った顔で振り向いた。

「り、陸……。私は、どうしたらよいのだろう……」

「えっ？　どうしたらって、なにが……って！　あーっ!!」

困惑しているしのぶの様子に首を傾げつつ、陸はしのぶの背後へ進み彼女の様子を見下ろす。するとそこでは、いつぞやの子犬がしゃがむしのぶの太股に飛びつき、盛りながら腰を振っていたのだ。

「こ、こらおまえっ！　なにやってるんだっ」

陸は慌てて子犬の背中を摘まむとしのぶの美脚から引き剝がし、そして自らの身体を子犬としのぶの間に割って入らせた。

「しのぶ先輩は僕の恋人なんだ。発情するんじゃないっ」

陸が強い調子でそう言うと、子犬はクゥ〜ンと小さく鳴き、背中を向けてトボトボと歩いていってしまった。

「ああっ……行ってしまった……」

そんな子犬の背中を、しのぶは残念そうに呟いた。すると陸は背後に向き直り、しのぶの肩をガシッとつかんでその顔をまっすぐに覗きこむ。

「もう、しのぶ先輩、なにやってるんですか。ああいう時はちゃんと叱らないと」

「う……す、すまない……。だが、初めて私一人の時に、動物が寄ってきてくれたので、つい……」

陸に叱られて、しのぶはシュンと俯いてしまう。だがそこで先ほどの言葉が引っかかり、しのぶは上目遣いで陸の顔を覗きこむ。

「ところで、陸……。先ほど言っていたことだが……もしかしてキミは、あの子犬にヤキモチを焼いているのか」

「えっ。そ、それはその……」

しのぶの言葉にハッとした様子の陸は、途端に顔を真っ赤にし、逆に俯いてしまう。

「そりゃ、動物相手とはいえ、僕の大事なしのぶ先輩に発情されていたら、いい気はしませんよ……」

もごもごと呟く陸を見ていると、しのぶの胸がホウッと温かくなる。しのぶは両手を伸ばして陸の身体をギュッと抱きすくめ、その耳元にそっと囁いた。

「フフ。心配するな。私の恋人は……陸だけだ。それにしても、私は動物に懐かれるように特訓してほしいと頼みはしたが、まさか動物に発情されるようになるとは思わなかったぞ。陸には、こんな身体になってしまった責任を取ってもらわねばならない、な」

「……そう、ですね。子犬も発情させちゃういやらしいフェロモンむんむんな身体になっちゃったしのぶ先輩には……僕のニオイをたっぷりつけて、マーキングしておかないといけませんね」

そう囁き返し、陸はしのぶの身体を抱きしめる。その股間は制服のズボンの上からでもはっきりわかるほど隆々と勃起していた。しのぶはこの日、日課であった夕方の修練を初めて休むことになるのだった。

「ああ……スンスン……陸のチ×ポ、とても逞しく反り返っているぞ……ふあぁぁ……濃厚な匂いが、鼻にたちこめる……頭がクラクラするぅ……」

道場の壁際で、陸は全裸になり肉棒を天に向けてそそり立たせていた。しのぶは陸の前に膝立ちになり、肉棒に顔を寄せて小鼻をヒクつかせ、瞳を蕩けさせている。

しのぶは夏服の白い半袖セーラー服と紺のプリーツスカートに身を包んでいた。そしてその両手には、普段の稽古時のようにオープンフィンガーグローブがしっかりと塡められている。

「ううっ、しのぶ先輩のその格好、すごくドキドキします……」

「そう、なのか？　制服のまま、しかもグローブは着用してくれなどと……陸は時々わからないことを言うな」

「いや、なんか……格闘ゲームだとしたら、普段の道着姿が1Pカラーで、今のセーラー服にグローブとスパッツが2Pカラーって感じで……なんかイイなって」

陸の言葉通り、しのぶは制服のスカートの下に黒のスパッツを穿いていた。

「ゲームか。ゲームはやったことがないのでよくわからぬが、陸がこの姿がよいというのならそれでよいぞ。それで陸は、私になにをさせるつもりなのだ？」

瞳を妖しく濡らして尋ねるしのぶに、陸はすでにカウパーが滲んでいる亀頭をしのぶのプリッとした唇にグニグニと押しつける。

「今日は、先輩に僕のニオイをマーキングします。発情した動物たちが寄ってこないように、身体の内からも外からも、僕のニオイをたっぷりと染みこませちゃいますからね」

「アァ……私の身体が、陸のニオイに塗れてしまうのだな……ンチュ、チロ……」

魅惑の唇にテラテラとカウパーを塗りたくられたしのぶは、自分から口を小さく開けて舌を覗かせ、亀頭をペチョペチョと舐め始める。そしてその舌先はカリ首から笠裏、さらには肉竿までもヌトヌトと這い回り唾液を塗りたくってゆく。

「くあ、しのぶ先輩の舌、気持ちいいですよ。じゃあ、今度は僕の番です。しのぶ先輩の小さな口を、僕のチ×ポでいっぱいにしちゃいますからね」

たっぷりと肉棒に唾液を塗れさせた陸は、しのぶの頭を両手でがっちりと挟んで固定すると、半開きになった唇に亀頭をヌプヌプと押し当てる。そしてしのぶの寡黙で小さな口内に、硬く太い肉棒をグプグプッと咥えこませてゆく。

「ふむっ……ふむむぅ～んっ……」

狭い口内に肉棒をグップリと埋めこまれ、しのぶはくぐもった呻きを上げ瞳を揺らす。たちまち口内には肉の臭気が充満し敏感な口内粘膜がジンジンと刺激され、唾液がタラタラと口内に溢れてしのぶの口はねっとりとした蜜壺へ変化させられてゆく。

「くうぅ～っ。しのぶ先輩、オマ×コだけじゃなくて口のなかも小さくて狭いんですね。ヌトヌトなのにキツキツの口マ×コ、たまんないっ」

「んぷっ、ふぷぅんっ。く、くひマ×コなどとぉ……んぷっ、むふうぅんっ」

歓喜の呻きを上げて、陸はたまらず腰を振り始める。長い黒髪と、額に締められた白いハチマキの尾が、激しくなってゆく抽送にファサッと揺れる。口までも秘所と同じ淫らさだと揶揄されてしのぶは鼻白むが、心地よさそうに顔を歪ませ腰を振る陸を見ていると、そんな感情も溶けて消えてしまう。

「ああっ、しのぶ先輩にフェラチオさせてるっ。かっこいい口をチ×ポでいっぱいにさせて、ジュポジュポ犯しちゃってるんだっ。こんなことができるの、恋人で主人の僕だけですよねっ。どんなにかわいい動物が近寄ってきても、していいのは軽いチュウだけで、この口のなかは僕だけのものですからねっ」

「んぷぷっ、ふむむぅんっ、ジュポッジュポッ……わ、わたひのくひのなかは、りくだけのものぉ……ジュボッップポポッ……」

頭をガクガク揺すられながらの口辱に、揺すられ壊された理性の上に陸の言葉が染み渡り、それが真実として受け入れられてゆく。陸の肉棒に狭い口内を押し広げられグポグポと出入りされて、それでもしのぶの脳と肉体は陸を己を捧げる存在だと受け入れ認めてしまう。

「くぅ〜っ。し、しのぶ先輩っ。タイミングに合わせて、自分からもチ×ポを吸ってくださいっ。僕だけじゃなくて、しのぶ先輩も自分からチ×ポの味と感触を楽しんでくださいっ」

欲望に任せた不安定でがむしゃらだった陸の抽送のリズムが、一定のリズムへと切り替わる。唇を割り開きヌブヌブと侵入した肉棒は喉奥の手前寸前まで押し進むと、今度はズヌヌッと引き抜かれつつ口内粘膜をカリ首でゾリゾリと削ってゆく。

何度かそのリズムを繰り返したことでタイミングをつかんだしのぶは、侵入に合わせて唇と口内をキュキュッとすぼめて口穴を限界まで狭め、そして引き抜かれてゆくのに合わせて肉棒をジュパジュパと吸い立てる。

「ジュブッ、ズブブッ……ふむぅん……ジュルルッ、ジュチュゥ〜ッ……んぷあぁ……」

「くあぁぁっ、しのぶ先輩がチ×ポ吸ってる、しゃぶってくれてるぅっ。フェラチオすごいっ。セックスとはまた違う気持ちよさでっ、うあ、ゾクゾクするっ」

しのぶの顔に股間を押しつけ、陸は快感に身震いし悦楽の呻きを上げる。知らずまた快楽に呑まれて陸の抽送のリズムは不安定になるが、しかし一度タイミングをつかんだしのぶはその不安定なリズムに上手に合わせて頭を振りたくり肉棒をしゃぶりぬいてゆく。

「ズブッ、ジュブブッ……陸、チ×ポ、きもちいいのか……ジュルジュル、ジュボボッ……」

「きもちいいっ、最高にきもちいいですよっ。アツアツで唾液でグチュグチュの口のなかにチ×ポをムチュムチュ包みこまれて、ジュパッジュパッて強くしゃぶられると腰の奥から快感が引っ張り上げられてゆくみたいでっ。し、しのぶ先輩はどうですかっ。僕のチ×ポ、おいしいですかっ」

目を爛々と輝かせ、期待に満ちた表情で陸がしのぶに尋ねる。すでに激しい抽送でしのぶの口内はジンジンと痺れ半ば麻痺していたが、刷りこまれてゆく濃い肉の味に不思議と不快感は湧いてこず、むしろ脳を刺激されますます唾液が口内に溢れてしまう。


「美味いかどうかはよくわからぬが……ヌポッジュポッ……イヤな、味ではない……ジュブブッ。……それに、しゃぶっていると口のなかが熱くなって……とろけてゆくようだ……ジュルルッ、ジュパッジュパッ……」

「そうですかっ。嫌いな味じゃないんですねっ。それじゃ、美味しく感じられるようになるまで、明日から毎日フェラチオしましょうねっ」

「んぷっ、ぷあぁ……毎日、フェラチオォ……ジュプッズプッ……」

この卑猥な肉棒の味を覚えこむまで毎日咥えしゃぶらせる、と宣言されて、しのぶは湧き上がる背徳感にゾクゾクッと肢体を震わせた。

そうして夢中になって腰を振りたくりしのぶの口穴の感触を堪能していた陸であったが、ほどなくして限界が訪れる。陸は深々としのぶの口内に肉棒を埋めこむと、両手でガッチリしのぶの頭をつかんで上向かせ、肉棒に蕩けた表情を上から覗きこむ。

「くうっ、い、いきますよ、しのぶ先輩っ。僕のザーメン、呑んでくださいっ。口のなかとお腹のなかで、ザーメンの味をしっかり覚えてくださいねっ。しのぶ先輩の身体のなかから、僕のニオイで染め抜いてあげますっ」

「むぷっ、ふむぅ～っ……ら……らひて、くれぇ……ザーメン、らひてぇ……」

陸の手に頭を触れられていると、脳髄が蕩けてゆくような感じがして、幸福な心地になってしまう。しのぶは潤んだ瞳で陸を見上げ、いつしか心の底から陸の放出を待ちわびてゆく。そして。

「くあぁっ、し、しのぶ先輩ぃっ！　でっ、出るぅぅぅーっ！」

ドビュドビュッ！　ブビュッ、ドビュルッ、ビュクビュクビュクーッ!!

「んぷぷぅっ!?　ふむっ、むぶっ、ふむむぅぅ～～～っ！」

大量の精液が勢いよく注ぎこまれ、しのぶの小さな口が内側からプクッと膨れ上がる。反射的に身を引こうとしたしのぶであったが、陸の手にガッチリと頭をつかまれてそれも叶わず、逡巡するうちにもドクドクと次々に精液が注ぎこまれてゆく。

「吐き出しちゃダメです、しのぶ先輩っ。くあぁっ、呑んで、呑んでくださいっ」

「んむっ、むぷぅ～っ……ジュルッ、ゴクンッ！　むふあぁぁっ、ジュルジュルッ、ゴクンッ。ジュパッ、ゴキュンッ」

そしてしのぶはとうとう、陸に見守られながら、口内の精液を呑み下してしまう。白濁は喉をドロリドロリと侵食しながら流れ落ち、やがて胃に落ちると、全身を侵食してゆくようにじんわりと胃のなかで熱を放ってゆく。

「くうぅっ、しのぶ先輩がチ×ポからザーメン直接呑んでるっ。うっとりした顔で、ゴキュゴキュ喉を鳴らしてて。もっと、もっと呑ませてあげますねっ。しのぶ先輩の身体のなかを、僕のザーメンでいっぱいにしちゃうっ、くあぁぁ〜っ」

激しい射精の快楽に背筋を仰け反らせながら、それでも陸はしのぶの頭を離さずその口内に精液を注ぎ続ける。いつしかしのぶは自ら両手を伸ばしてしのぶの腰にしがみつき、射精に歪む陸の顔を嬉しそうに見上げて精液を嚥下し続けた。

「ジュルジュルッ、ジュパッ、ゴキュンッ……ぷあぁぁ……くひのなか、ドロドロォ。……陸のザーメンで、くひのなかも、はらのなかも……あつくて、ジクジクうずいて……ヘンになるぅ……ジュパパッ、ジュル、ゴクンッ」

大量すぎる射精に精液のいくらかは口端からブジュブジュと溢れこぼれていたが、それでもしのぶは肉棒を吸引し口内の精液を嚥下する。やがて射精はゆっくりと終わりを告げるも、それでも無心で肉棒をしゃぶり続けるしのぶの前に、陸の肉棒はほどなくして次の射精を引き上げられてしまう。

「くあぁぁっ！　しのぶ先輩のおしゃぶりがすごくてっ、イッたばっかりなのにまたザーメン上がってきたぁっ。くうぅっ、し、しのぶ先輩、今度は顔にかけますよっ。しのぶ先輩のムンムンのフェロモンを、僕のザーメンのニオイで塗り潰してあげますっ。くあぁっ、いくっ、また出るぅーっ！」

陸はしのぶの頭を両手でグイと引き離すと、すぼまった狭い口内から肉棒をニュブブッと引き抜く。そしてしのぶの鼻先に亀頭をグリグリ押しつけながら、勢いよく欲望を解き放った。

ドビュルルッ、ブビュッ、ドビュブビューッ！　ビュババッ、ビチャビチャッ!!

「んはひぃぃ～～っ！　あついっ、かおがあついぃ～っ」

その美貌にビチャビチャと灼熱の粘液を浴びせかけられ、しのぶはブルブルッと肢体を震わせ艶かしい悲鳴を上げる。陸はしのぶの美貌に肉棒を擦りつけ柔肌の感触を味わいつつ、濃厚な白濁をこってりと塗りこめてゆく。

「ああっ、ザーメン塗れのしのぶ先輩、すごくエロいですっ。開いた口も垂らした舌もザーメンでいっぱいで……。ほら、自分でもザーメンを塗り広げてください。動物を発情させちゃう変態フェロモンを消して、僕のザーメンペットだってみんなにわかるように、印をつけなくちゃ……」

「んあぁ……はひぃ……顔が、ヌチャヌチャになるぅ……。顔も、口も、腹のなかまで、私は陸のザーメンでいっぱいだ……陸のザーメンが染みついた、陸だけの淫らな女になってゆくぅ……んふあぁぁ……はひっ、はひぃぃぃ～っ……！」

グローブを填めた手で精液をヌチャヌチャと美貌に塗りこめながら、しのぶはピクピクッと肢体を痙攣させる。その肉体の内も外も、愛する少年の精で満たされ溺れさせられて、しのぶは絶頂を迎えてしまったのだ。

「ああ……しのぶ先輩、僕のザーメンでイッってる……。これで、しのぶ先輩は……僕だけのものですよ……」

「んあぁっ、はひぃぃ……私は、陸だけのものぉ……んぷあぁ……」

その美貌に精液を塗りたくり、口内はおろか舌まで指でニュコニュコと精液を塗りこめながら、しのぶは愛する少年に占有されてゆく悦びにヒクヒクと打ち震えるのだった。

道場の壁に手をついたしのぶが、大きく足を開いて立ち、尻を陸に向けてグイと突き出す。そしてしのぶは陸に命じられるまま、制服のスカートを捲り上げる。するとその下に、股間をくり抜かれて秘裂が丸出しになったスパッツが現れる。

「ふふ。セックス用のオマ×コ丸出しのスパッツ、とってもエッチで似合ってますよ、しのぶ先輩。……ペロッ」

「ひゃうんっ！　こ、これは……陸が、すぐに破こうとするから、特別に作ったのではないか、アァンッ。……そ、そこを舐められると……ひぁっ、んあぁっ」

しのぶの尻の前でしゃがみこんだ陸が、すでにぬかるみほころび始めていたしのぶの秘裂に舌を這わせる。しのぶはピクッと尻を揺すりつつ、意地悪を言う陸に不満を述べる。初体験の鮮烈な印象のせいか、陸はスパッツを穿いたままのしのぶを犯すことに執着が強くなっていた。

「ベロベロッ、チュパッ。つまり、僕とのセックス専用の特製変態スパッツってことですよね。僕のチ×ポも早くしのぶ先輩の丸見えオマ×コを犯したくて、たまらなくなっちゃってますよ」

「ンアァッ……ほ、本当だ。なんと、逞しい……ゴクッ」

股の間から背後の陸の様子を覗き見たしのぶは、あれだけ放出したにもかかわらずその股間に隆々とそそり立つ肉棒の逞しさに、思わず唾を飲みこんでしまう。

「しのぶ先輩のオマ×コも、もう準備オーケーみたいですね。それじゃあこれから、フェロモンを撒き散らして動物を誘惑しちゃうしのぶ先輩のいやらしいオマ×コにオシオキして、僕のザーメンでマーキングしちゃいます。さあ、もっと下品にがに股になって、お尻をグイッと突き出してください」

「ふあぁぁ……り、陸ぅ……はしたない私の、お、オマ×コと尻に……オシオキを、してほしい……」

尻たぶを軽く叩かれつつ命じられると、しのぶは被虐感にゾクゾクと胸を震わせながら、言われるがままに尻を突き出し剝き出しの秘裂を見せつける。美少女格闘家と呼ぶに相応しいしのぶの衣服と、しかしあまりにギャップの際立つ淫らで従順な姿に、陸は抑えきれないほどの獣欲に突き上げられ、肉棒の先端を濡れた秘裂にピトッと合わせる。

「くう～っ。い、いきますよ、しのぶ先輩っ。僕以外を発情させちゃったいやらしいオマ×コに、オシオキセックスですっ。くあぁぁっ！」

「んはあぁぁ……あひぃぃぃ～んっ！」

長大な肉棒が狭いしのぶの膣道をミチミチと掻き分け、そして奥にズグッとぶち当たる。子宮口から生じた電撃のような強烈な快感に、しのぶはおとがいを反らして嬌声を上げる。

「くふぅっ、しのぶ先輩のオマ×コ、相変わらずキツキツで最高ですっ。なかのお肉はエッチな愛液でグチュグチュのトロトロなのに、穴自体は小さいからミチミチに詰まってて、チ×ポがもぎ取られちゃいそうなくらい気持ちいいですっ」

「んぁっ、はあぁんっ！　そ、そのような淫らな言い方っ、あひっ、はひぃんっ！は、はげしいっ。オマ×コが、こわれてしまうぅっ、ひあぁぁっ！」

秘所を卑猥に褒められつつ背後から激しく突き上げられ、湧き上がる快感にしのぶは惑乱し淫らに喘ぎ鳴く。

「ふっ、ふっ。大丈夫ですよっ。鍛えられたしのぶ先輩の身体だもの、オマ×コもこのくらいで壊れたりしません。むしろ壊れそうなくらいガンガン突かれるのがいいんですよねっ」

「はひっ、あひぃぃ～っ！　オマ×コ熱いっ、燃えるぅっ。んあぁっ、そう、そうだ

っ。わ、私は、激しいのがっ、オマ×コが壊れそうなくらい、激しくズンズンされるのがっ、すきっ、すきぃぃ～っ！」

　淫らな告白と共に、さらにギュギュッと収縮する蜜壺。陸はしのぶのくびれた腰をがっちりとつかんで固定し、ただひたすらに激しく腰を叩きつける。陸の腰としのぶの尻たぶが当たるパンパンという乾いた音と、濡れそぼった狭い蜜壺を長大な肉棒が行き来するグボグボという湿った卑猥な音が混じり合い、神聖な道場を淫らな空気で満たしてゆく。

　初めて結ばれた日から何度も身体を重ねてゆくうちに、陸はしのぶが背後から獣のように激しく犯されることに大きな快感を覚えるタイプであることに気づいた。陸がしのぶの修練に付き合いたいと申し出たのも、鍛え抜かれたしのぶの肉体を今後も満足させてゆくだけの体力を身につけたいという思いもあったのだ。

「うっ、くぅっ。突けば突くほどギチギチ締まるしのぶ先輩のオマ×コ、最高ですっ。しのぶ先輩、自分が今すごくいやらしいポーズになっちゃってること、気づいてますか？　下品ながに股ポーズで自分からお尻を突き出しながら、穴開きスパッツで丸見えになったオマ×コをズボズボ犯されてるんですよっ」

「んおぉおっ。い、言わないでくれぇっ。ち、ちがうんだ。身体が勝手にっ、あひっ、はひぃ～んっ」

「身体が勝手に、犯されて一番気持ちよくなるポーズを取っちゃうんですね。しのぶ先輩はメスの獣みたいなポーズで、バックから激しく突かれるのが大好きだってことですねっ」

「んあぁぁっ、そ、そうではな、はひっ、あひぃぃ～っ！　オマ×コ痺れるっ、ジンジン疼くぅっ。足がガクガクして、立っていられなくなる、ひぐぅぅぅ～っ！」

ブンブンと頭を振りながらも、自ら尻を突き出してより激しい抽送をねだってしまうしのぶ。結合部からはブチュブチュと愛液が弾け、グポグポと卑猥な抽送音が響き渡る。

陸は激しく腰を振りたくりながら、しのぶのセーラー服をたくし上げる。制服の下で乳房を包んでいたのは、いつものサラシではなく白いブラジャーであった。そのブラジャーをずり上げて美乳を露出させた陸は、グニグニと乳房を揉み上げつつさらに激しく膣奥へ突きこんでゆく。

「んおぉっ、そんなに激しく揉まれてはっ、乳房まで疼いてしまうぅっ。んあっ、ひあぁっ。り、陸っ。わたし、わたしはもうっ、ひあぁっ」

「くあぁっ。マ×コがゾヨゾヨ蠢きながらギュンギュン締まってるっ。イキそうなんですね、しのぶ先輩っ。遠慮せずにイッてください。獣みたいに思いっきりアクメしてくださいっ、くうぅっ」

陸は歯を食いしばり、狭くなった膣道に必死で肉棒を突きたて疼く膣襞をカリ首で徹底的にこそぎ上げる。やがてしのぶは頭が沸騰し爆ぜるような強烈な快感に全身をビクつかせ、必死で壁の柱にしがみつきながらガクガクと肢体を震わせる。

「くあぁぁっ、あひっ、はひぃぃっ！　イクッ、イクゥッ！　ケダモノのような格好で、激しく犯されながらっ、あひっ、わたし、イクッ！　オマ×コイクゥーッ！」

そしてとうとう、しのぶは絶頂を迎える。ガクガクと全身を暴れさせ、膣穴は精液を求めてギュギュッと収縮する。そのまま放出したい欲望に駆られた陸であったが、しかし必死で射精衝動を押しとどめて、絶頂中のヒクつく膣道から勢いよく肉棒を引き抜いてゆく。

「んあひぃっ!?　チ、チ×ポ抜けたぁっ」

「くうぅっ、しのぶ先輩、まずはそのフェロモンムンムンなお尻と脚に、ザーメンを染みこませますよっ。くあぁっ、で、出るっ」

ドビュビュッ！　ビュクビュクッ、ビチャッ、バチャバチャッ！

「んあぁっ、はひぃぃぃ～んっ！　尻に、脚にっ、ザーメンがドパドパ浴びせられているぅっ。んはあぁっ、イクッ、イクイクゥッ！　ザーメン塗れにされてイクウゥゥーッ！」

絶頂中の肢体に白濁をこってりと塗りこめられ、しのぶは全身をヒクつかせてさらなる深い絶頂に呑みこまれてしまう。

いつしかしのぶの上体は壁からずり落ち、床にぐったりと突っ伏していた。精液に塗れた尻だけを高く掲げる卑猥なポーズで、しのぶは絶頂の余韻に酔いしれる。あれだけ激しく突き回されたというのに早くも収縮を始めた膣穴は、心地よさそうに、しかしどこか物足りなさそうにヒクッヒクッと震えていた。

「イッちゃいましたね、しのぶ先輩……プルプルしてる太股が、気持ちいいですよ……くあぁ……」

陸は射精の余韻を味わいつつ、しのぶの太股に肉棒をズリズリと擦りつけていた。先ほど子犬がしのぶの足に盛っていたのがよほど気になっていたのだろう。その匂いを消すように、己の精液をしのぶの美脚に塗りこんでゆく。自分はここまで独占欲が強かったのかと、陸は改めて思い知った。

陸がいつまでもしのぶのスパッツに残滓を塗りこめながら肉棒を擦りつけていると、やがてしのぶの尻はもどかしそうにクネクネと動き始める。それがわかっていながら、陸は再び固くそそり立った肉棒をすぐに挿入はせず、しのぶの尻の割れ目に挟みこんでさらに焦らしつつ尻たぶをペシペシと平手で打つ。

「どうしたんですか、しのぶ先輩。そんなにエッチにお尻を振って。僕になにかしてほしいんですか」

「うっ……くぅ……。陸、キミは時折、とても意地が悪いな……」

「ふふ。ごめんなさい。でも僕、いつもカッコイイしのぶ先輩に、いやらしい姿を見せてもらうのが大好きなんです。だから……正直に言ってくださいね」

ことと性交時になると、陸はサディスティックな一面を見せる。しのぶは羞恥に唇を噛み、それでも突き上げる衝動に抗うことができず、陸の望むままに淫らな姿をさらしてしまう。

四つん這いで尻を高く浮かせたしのぶは股座に手を差しこむと、秘唇に指を添え自らグニッと左右に割り開いた。

「くあぁ……り、陸……私のオマ×コにも、射精してくれ。はしたないフェロモンを漂わせてしまう淫らな穴を、キミのオチ×ポとザーメンでいっぱいにして……キミのニオイに、染め上げてほしい……」

割り裂かれた秘裂からぬめった桃色の媚肉が露わになり、ヒクッヒクッと淫らに蠕動する様子が晒される。狭い膣穴から淫蜜がトロリと溢れて、道場の床にピチョンと垂れる。陸が求めていた以上の淫らなおねだりを自ら口にしたしのぶに、陸の欲望の針が再び振り切れる。

「くぅぅ〜っ！　エロすぎますよ、しのぶ先輩っ。お望み通り、フェロモンムンムンのドスケベマ×コにチ×ポで蓋をしてあげますね。それっ！」

「んくぁっ、はひぃぃ〜んっ！　チ×ポ、ズブズブ入ってきたぁっ。オマ×コみっちり埋まってるぅ〜っ。アンッ、アァンッ」

　ズブブブッと勢いよく蜜壺に肉棒をねじこんだ陸は、再びしのぶの腰をガッチリつかむとのしかかるようにして激しく腰を振る。しのぶは激しい抽送に喘ぎ鳴きながらも、もっと深く犯してほしいとばかりに尻をグイグイと突き出してゆく。

「うあぁっ、しのぶ先輩のオマ×コ、さっきよりもさらにギチギチ締めつけてきますよ。そんなにチ×ポを抜かれたのがショックだったんですね」

「んあぁっ、はあぁんっ。そ、そうかもしれないっ。尻や脚をドロドロにされるのも身体が熱く疼いてしまうが、でも一番感じてしまうのはっ、アヒィッ。オマ×コの奥に、ドピュドピュと射精される瞬間なんだっ、はあぁぁんっ」

「そうだったんですねっ。なら今度こそオマ×コの奥にたっぷり中出しして、思いっきりアクメさせちゃいますねっ」

　しのぶのはしたなくも正直な告白にますます興奮した陸は、全力を振り絞って激しく腰を振りたくる。苛烈な抽送にしのぶは一突きごとに背筋を仰け反らせ、乳房をブルンブルン跳ねさせて悶え鳴く。

「アヒッ、ハヒィンッ。はげしいっ、チ×ポはげしいぃっ。ゾリゾリこすられて、オマ×コえぐれるぅっ。ズンズン突き上げられて、子宮が潰れてしまうぅっ」

「うっ、くうっ。ネチョネチョのマ×コ肉が、チ×ポにギュムギュム絡みついてくるっ。しのぶ先輩のオマ×コ、ザーメンがほしくて、中出しアクメしたくて物凄くドスケベになってるっ。あのカッコイイしのぶ先輩がこんなドスケベオマ×コを持ってるって知ってるのも、くあっ、そんなしのぶ先輩とセックスできるのも、僕だけなんだっ」

「ンアァッ、ハヒィッ！　そう、そうだっ。淫らな私を知っているのは、陸だけなんだっ。だから、ハアァンッ、陸ぅっ。私を、アァンッ、かわいがってくれっ。陸だけの、恋人でペットな私を、ひぐぅっ、思いきり愛してほしいぃっ」

官能に塗れながらも切ない愛の言葉に、陸の欲望は頂点に達する。トロトロに蕩けた膣襞を張り出したカリ首で徹底的にゾリゾリと磨き抜くと、せり出してきた子宮口にズヌズヌと激しく亀頭を突き立てる。

「ハヒッ、アヒイィ～ッ！　それ、すごいぃっ。オマ×コ燃えるっ、疼いて痺れるぅっ。ンアァッ、イクッ、イクゥッ。オマ×コにまた、アクメくるぅっ」

「イッてください、しのぶ先輩っ。僕も射精しますからっ。しのぶ先輩のフェロモンマ×コ、僕のザーメンでドロッドロに汚しちゃいますからっ」

陸は前傾姿勢になり体重をかけ、火の出るような勢いでさらに深くしのぶの膣穴を抉り抜く。一突きごとにブジュッと結合部から愛液が掻き出され、電流のような快感が走り抜けてしのぶの指先がビクッと反応する。

「ハヒッハヒッ、アヒイィンッ。イクッイクッ、オマ×コイクゥッ。陸のチ×ポでイクッ。ズボズボされて、アクメくるぅっ。んあぁぁっ、ひぐっ、イクッ、イクイクッ、イクウゥゥ～ッ！」

　何度も何度も子宮口を亀頭でヌグヌグと穿たれて、とうとうしのぶは絶頂を迎え、ビクビクッと肢体を震わせながら背筋をグイッと仰け反らせる。陸はそんなしのぶの肢体に腕を回しギュウッと抱きすくめると、押し潰すように体重をかけながら膣奥深くまで亀頭をグリグリと埋めこみ、そして滾る欲望を思いきり膣奥に噴射する。

「くあぁぁ～っ。出るっ、出ますよ、しのぶ先輩っ。しのぶ先輩のアクメマ×コに、ザーメン出るっ、射精するぅっ！」

　ドビュドビュゥッ！　ビュクビュクッ、ドビュビュッ、ブビュルルルッ!!

「ハヒイィーンッ!?　イクッ、イクイクゥーッ！　アクメマ×コにドピュドピュ出てるっ、奥にバシャバシャ当たってるぅっ！　んあぁぁっ、子宮が熱いっ、焼ける、とろけるぅ～っ！　イクッ、イクゥ～ッ。オマ×コイクウゥ～ッ！　私のオマ×コ、陸の熱いザーメンでドロドロになって、イキッぱなしになるぅ～っ！」

　膣の奥の奥まで肉棒をねじこまれ子宮を押し潰されながらの零距離での射精。その目もくらむような強烈な快感に、しのぶは悦楽の絶叫を喉からほとばしらせ、目を見開き舌を大きく突き出して全身をビクッビクッと痙攣させる。

「んくっ、うあぁっ。しのぶ先輩のオマ×コ、ギュムギュム締まってチ×ポからザーメン搾り取ってるっ。大丈夫ですよ、しのぶ先輩っ。ちゃんと抜かないで、僕のザーメン一滴残らずしのぶ先輩のオマ×コに注ぎこみますからっ。くうぅっ、まだ出るっ、射精がとまらないっ」

陸は腰をグラインドさせ亀頭の先端で子宮口をグリグリ嬲《なぶ》りながら、長い長い射精を続ける。しのぶの狭い膣穴は余すところなく白濁で埋め尽くされ、収めきれなかった分はブチュブチュと泡立ちながら結合部から流れ出てゆく。

「んおぉっ、はおぉぉ～っ……イクッ、イクゥ……オマ×コ、イクゥッ。私のオマ×コも子宮も、陸のザーメンでドロドロにとろかされるぅ……はへぇ……」

「どうですか、しのぶ先輩。オマ×コに僕のザーメン、染みこんでますか」

「んふあぁぁ……うむ……たっぷりと染みこんでいるぅ。こんなに染みこんでは……はひぃ……私のオマ×コは、陸のザーメンのニオイに染まってしまうぅ」

「そうですか。ならこれで、しのぶ先輩のオマ×コからフェロモンが溢れてくる心配もないですすね……。しのぶ先輩、こっちを向いて。キス、しましょう」

「んあぁぁ……陸ぅ……あむ……チュパッ、ムチュゥ……」

四つん這いのしのぶに馬乗りになっている陸が接吻をねだると、しのぶは背筋を仰け反らせたまま官能に蕩けた顔で振り向き、自ら陸の唇に唇を重ねてゆく。

そうして繋がったままチュパチュパと睦み合っていると、二人はどちらからともなく身体をもどかしげに揺すり出し、より濃厚で深い繋がりを求めてしまう。

二人はその後も日暮れまで、何度も何度も身体を重ねた。陸はしのぶの体内に幾度も己の証を注ぎこみ、しのぶはそのたびに絶頂に打ち震え、喘ぎ鳴くのだった。

第五章　牝犬散歩でいちゃいちゃ♥

　五月も後半ともなれば、日中はだいぶ暖かくはなってきたものの、日が落ちれば薄着ではまだ肌寒い。そんなある日に、春物のロングコートを着たしのぶは、陸と連れ立って街外れの自然公園へとやってきた。日中は散歩客で賑わう市民の憩いの場も、夜も十時を過ぎると人っ子一人おらず静寂に包まれている。

「あぁ……り、陸。本当に、するのか……？」

　傍らの陸の手をキュッと握りつつ、しのぶが尋ねる。その声音はわずかに震えており、普段の勇ましさはすっかり身を潜めていた。

「ええ、もちろん。今よりさらに動物に懐かれるには、自分自身がもっと動物に近づくことが大事なんじゃないか。ってそう言ったのはしのぶ先輩じゃないですか」

「そ、それはそうだが……」

普段は決して見せないしのぶのうろたえた様子を陸は目を細めて見つめ、そしてそんなしのぶを落ち着かせるようにその身体をそっと抱き寄せる。

「大丈夫ですよ。もしなにかあっても、飼い主である僕がきっと守りますから。だからしのぶ先輩は安心して、僕のメス犬ペットになってください」

「ああ、陸……」

陸はしのぶを抱き寄せその長く艶やかな黒髪を撫でて落ち着かせつつ、ポケットからなにかを取り出し、しのぶの頭に乗せる。それはイヌミミのついたヘアバンドであった。

陸に耳元で囁かれフルフルッと肢体を震わせたしのぶは、頭に乗ったイヌミミをそっと指で撫でると、観念したかのようにロングコートをはだける。すると露わになる、しのぶの白い肌と黒いスパッツのコントラスト。しのぶは上半身は裸で、下半身は股間部をくり貫いたスパッツを穿いていた。スパッツの臀部には、犬の尻尾がついている。

「ふふ。しのぶ先輩のメス犬姿、すごくかわいいですよ。さ、これもつけて、犬みたいに四つん這いになってください」

「う、うむ……ふあぁ……」

陸はカバンから犬の前足を模したふわふわの毛のついたグローブを取り出し、しのぶに手渡した。家を出る時から靴も同種の物をすでに履いていたしのぶは、揃いのグローブを手に嵌め、そして四つん這いになる。両手足も、耳も尻尾も身につけて、孤高の美少女格闘家は愛する少年の愛玩動物となってしまう。

「よくできました。それじゃ、最後にこれを嵌めましょうか」

陸はカバンからリード付きの首輪を取り出すと、四つん這いになったしのぶの傍らにしゃがみこみ、その首にしっかりと首輪を嵌めてやる。

「はい、出来上がりです。これでしのぶ先輩は正真正銘、僕のペットになっちゃいましたよ」

「うぅ……り、陸……私は……」

完全に愛玩動物と化してしまったしのぶは、声音を震わせながらなにかを告げようとする。しかし陸は人差し指を立てると、しのぶの唇にピトッと当てて続く言葉を遮る。

「ダメですよ、しのぶ先輩。ペットが人間の言葉を喋っちゃ。僕のかわいいメス犬ペットは、こういう時どんなふうに鳴くのかな？」

「う、うぅ……。……ワ、ワン」

人の言葉を封じられたしのぶは、陸に促されるがまま、犬の鳴き声を口にする。その瞬間、全身に走るゾクゾクとした震え。被虐の喜びにプルプルと肢体を震わせるしのぶを、陸は優しく抱きしめその背中を撫で擦る。

「いい返事ですよ、しのぶ先輩。ううん、今からはしのぶって呼びますね。さ、しのぶ。これからお散歩だよ」

「うあぁ……ワ、ワン……」

陸に初めて呼び捨てで名を呼ばれ、本当に自分が愛玩動物となったのだと痛感したしのぶは、引かれたリードから生じるかすかな苦しさに身震いしつつ、のたのたと前足と化した右手を踏み出すのだった。


「夜のお散歩は気持ちいいね、しのぶ」

「うぅ……ワ、ワン……」

緩やかにリードを引かれながら、しのぶは夜の公園を全裸より恥ずかしい牝犬コスチュームでのたのたと四つん這いに歩いていた。夜の外気は肌寒かったが、沸き起こる羞恥により火照りきった身体にはその冷たさがかえって心地よい。

(くあぁ……私は、なんという真似を……。い、いや、これも陸が、私を思ってくれているがこそ。私ももっと動物に、陸のペットになりきらなければ……。そうだ。私はペットなのだ。裸を晒すことなど、恥ずかしくない……集中だ、集中……)

しのぶは必死に自身を愛玩動物だと思いこみ、そして身を焦がすような羞恥を日々の修練によって鍛えられた精神力で押し殺してゆく。

そんなしのぶの牝犬姿を、陸はズボンがはちきれんばかりに股間を膨らませて背後から見つめていた。しのぶがのたのたと四つん這いで歩くたび、重力に引かれて強調された豊かな乳房がブルンと悩ましく弾み、尻尾のついたヒップがもどかしげに揺れてくり貫かれた股間から覗く秘唇が淫らに歪む。

今すぐ背後から襲いかかり激しく犯し抜きたい、そんな激しい獣欲に駆り立てられた陸であったが、それでもこれはあくまでしのぶへの特訓なのだからと、陸もまた必死で欲望を抑えこんでいた。

数分にわたり夜の淫らな散歩を楽しんだ二人、いや一人と一匹は、やがて目的地である噴水の前までやってきた。

「よしよし、ここまでよく来れたね。お利口さんだね、しのぶ」

しゃがみこみ頭を撫でてくれる陸に、これでようやく終わりなのだとしのぶはほっと胸を撫で下ろす。しかし愛しい主人はそんなしのぶに、耳を疑う言葉を投げかける。

「それじゃ、特訓の仕上げに、そこのポールにマーキングしておこうか。さ、脚を高く上げてメス犬オマ×コを僕に見せつけながら、オシッコしてごらん」

「そ、そんなっ!?　陸に見られながら、オ、オシッコなど……っ！」

考えもしなかった命令に思わず声を上げるしのぶだったが、その口に再び人差し指を重ねられ、続く言葉を呑みこんでしまう。

「ダメだよ、しのぶ。しのぶはまだ、僕のペットなんだから。さ、お利口さんなしのぶは、主人の言いつけはきちんと守れるよね？」

「う……くぅっ……。……ワ……ワン……」

しゃがみこんで目線の高さを合わせた陸にまっすぐ瞳を見つめられ、しのぶはとうとう頷いてしまうのだった。


「くあぁ……こ、こんな格好……」

四つん這いのままポールに尻を向けたしのぶが、左足を大きく掲げてくり貫かれた股間を露出させる。しかし屋外であることと陸に見つめられているという二重の緊張で、なかなか小水は出てこなかった。

「ほら、しのぶ。早くしないと、誰か来ちゃうよ。そんな格好、誰かに見られたら困るでしょう」

「ううぅ……それは、わかっているのだが……で、出ないのだ……」

露出牝犬散歩で冷えた肢体には尿意もさほど遠くにあるわけではないのだが、いかんせん緊張が上回りなかなか放出できない。陸はそんなしのぶを愛おしそうに見つめながら、時折混じる人語を叱りもせず、根気よくその時を待ち続ける。

が、そうしているうちに、遠くからタッタッという靴音が聞こえ始めた。ジョギングでもしているのだろうか。しのぶの肢体に緊張が走り、珠のような汗が浮く。

「り、陸っ。だ、誰か来たぞ。ど、どうするのだっ……」

「慌てないで、しのぶ先輩。そのままの格好でじっとしていて。変に騒がなければ、気づかれないはずだから」

しのぶは今、噴水側からは陸の身体に隠れる形になっている。よほどこちらに注視していなければ、ジョギング中のその人物もこちらに気づくことはないはずだ。

とはいえ、もしもの可能性もある。足音の鳴る一つ一つの間隔が気が遠くなるほど長く、しのぶは全身を緊張に強張らせる。

やがてその足音は、二人のもっとも近くまで近づき、そしてそれから、徐々に遠ざかっていった。

「……はぁ～っ」

遠ざかる足音に、陸は大きく安堵のため息を吐く。しのぶにはああ言ったものの、陸もまたもしもの可能性に備えてかなり緊張していたのだ。

とその時、陸の耳に、ジョボジョボと水音が飛びこんでくる。

「ふあぁ……うあぁぁぁ～っ……。と、止まらないぃ……出る……オシッコが……。私、犬のように外で、オシッコをしてしまっているぅ……私は本当に、メス犬になってしまった……ひあぁぁ……」

極限の緊張から解放されて気が緩んだのか、しのぶは四つん這いで高く脚を掲げたまま、いつの間にか股間から黄金色の液体をジョボジョボと放出していた。愕然とした表情で小水のアーチを描き続けるしのぶをしばし呆然と見つめていた陸は、やがて感動に打ち震え、しゃがみこむとその顔を胸にギュウッと抱きしめる。

「よくできたね、しのぶ。怖かったろう。ご褒美にたくさんかわいがってあげるからね」

「ふあぁぁ……陸……陸ぅ……。クゥン……クゥ～ンッ……」

陸の温かな胸に抱きしめられたしのぶは、ようやく長い緊張から解き放たれて安堵に包まれてゆく。しのぶは最後のひと飛沫を股間からピピッと飛ばすと、メス犬のように甘えた声を上げて、陸の胸に頬をスリスリと擦りつけるのだった。

「さあ、しのぶ。チンチン」

「ワンッ」

ベンチに座る陸の前で、しのぶはチョコンとしゃがみこむ。犬グローブを填めた両手を胸の前で愛らしく構え、息遣いの荒い口からタランと舌を垂らして、陸の股間をジッと見つめている。陸はそんなしのぶに見せつけるように、ズボンのチャックを下ろし勃起した肉棒を取り出してゆく。

「ふふ。なんでこのポーズをチンチンって言うのか本当のところはわからないけど、メス犬ペットのしのぶには、チ×ポを欲しがるエッチなおねだりポーズってことでいいかもね」

そう言いながら、陸は勃起した肉棒をしのぶの鼻先に突きつける。たっぷりと肉臭を嗅がされて、しのぶの瞳がトロンと肉欲に蕩けてゆく。しかし伸ばされたしのぶの舌先が亀頭を舐め上げる寸前、肉棒はヒョイと顔の前から離れてしまう。

「まだフェラチオはお預けだよ、しのぶ。今日はお利口さんのしのぶに、新しいエッチな芸を覚えてもらおうかな」

陸はそう言うと腰をグイと突き出し、しのぶの乳房の谷間に肉棒をズヌッと埋める。しのぶはされるがまま、乳房の谷間に埋もれた肉棒を陶然と見つめている。

「今日覚えてもらうのはパイズリだよ。この大きくて柔らかなおっぱいを使って、僕のチ×ポをしごくんだ。できるかな?」

「パイ、ズリ……ワンッ」

すっかりメス犬になりきったしのぶは鳴き声で返事をすると、ヒップを震わせてスパッツにくっついた尻尾をピコピコ揺らす。そして犬グローブを填めた両手で乳房を左右からムニュッと押し潰し、グニグニと両手を動かし肉棒を乳肌で擦りたててゆく。

「くうぅっ。い、いいよ、しのぶ。表面はふにふに柔らかでチ×ポがズブズブ沈んでいって、でも奥には芯があってチ×ポをグニグニ締めつけてくるっ。しのぶの乳マ×コ、最高だよっ」

「んっ、んっ。ふあぁっ、乳マ×コぉっ。私の乳房は、オマ×コとおなじっ。アハァッ、陸のチ×ポ、気持ちよさそうにビクビク震えているぅ。カウパードプドプ撒き散らして、乳マ×コがドロドロに汚されてゆくぅ……」

乳房の谷間から顔を出した亀頭をうっとりと見つめながら、しのぶは乳房で肉棒を扱きたてる。扱けば扱くほど尿道口からカウパーが溢れ、しのぶの乳肌をテラテラと淫靡に濡れ光らせてゆく。夜の闇のなか、街灯に汗ばんだ白い裸身を浮かび上がらせて、しのぶは淫らな奉仕に耽る。

「しのぶ、もっと乳マ×コをヌチャヌチャにしてみて。パイズリを続けながら、おっぱいの谷間に唾液を垂らすんだ」

「んぁっ、はあぁ……もっと、ヌチャヌチャに……。クチュクチュ……えあぁ～っ……。アハァ、唾液とカウパーで、乳マ×コがネトネトになってしまった……陸、きもちいいか……ヌチュヌチュ乳マ×コは、きもちいいのか……？」

「うくっ、くあぁっ。さ、最高に気持ちいいよ、しのぶっ。こんなドスケベな発情ペットが飼えるなんて、僕は幸せ者だよっ」

乳奉仕の愉悦に身悶える陸を、しのぶはしっとりと濡れた瞳で上目遣いに見上げる。そしてグローブで唾液と汗とカウパーの混じった淫猥な粘液を乳房全体にヌチャヌチャと塗り広げながら、ますます乳肉愛撫に没頭してゆく。しゃがみこんでくつろげられたスパッツの中心の穴では、すっかりぬかるんだ秘唇からポタポタと愛液が垂れこぼれていた。

「んあぁぁ……勃起チ×ポ、あついぃ……。乳マ×コが焼けて、ジンジン疼くぅ。ふあぁ、舐めたい。カウパー塗れの勃起チ×ポ、しゃぶりたいぃ……」

「エッチで食いしん坊だね、しのぶは。いいよ。パイズリしながら亀頭をしゃぶってごらん。カウパーも好きなだけチュパチュパしていいからね」

「んあぁ……しゃぶるぅ。大好きな陸の熱いチ×ポ、トロトロのカウパー、しゃぶってしまうぞぉ。んあぁ～……はぷっ。チュパッ、チュルチュル、ジュチュー ッ」

陸に促され、しのぶは大きく口を開けると、乳房の谷間から飛び出た濡れ光る肉棒をパクリと咥えこむ。そして乳房を揉み上げる手は休めぬまま、亀頭をジュパジュパとしゃぶりたて口中に広がるカウパーを喉を鳴らして嚥下してゆく。

「ジュルジュル、ゴクンッ。……ぷあぁ～。カウパー、トロトロだぞぉ。口のなかも、喉にもトロトロが流れて染みこんでいって……口も、喉も、ヌチュヌチュのマ×コになってしまうぅ」

「カウパーを呑まされてマ×コになっちゃうなんて、しのぶの身体は本当にエッチだね。ほら、もっと激しく乳マ×コでしごいて、たっぷりカウパーを搾り出して。口も喉もドスケベマ×コになればなるほど、興奮してプリップリの濃いザーメンをぶちまけちゃうからね」

「んあぁっ、ジュプジュプッ、ほしい、濃いザーメンほひぃ～っ。陸、ジュパパッ、もっともっと興奮してっ。乳マ×コと、口マ×コと喉マ×コで、ジュブジュブッ、おもいきりきもちよくなって、射精してぇ～っ」

ますます激しくなってゆくしのぶの乳房と口のダブル奉仕。柔らかくも張りのある乳肌に押し潰されたかと思えば、次の瞬間には淫らにぬめる口内にねっとりと包みこまれ、陸の肉棒は極上の快楽に天を仰ぎビクッビクッと蠕動する。

やがて屋外での行為という背徳のシチュエーションも相まって、陸はいつもより早く限界を迎える。ベンチに座った陸は悦楽に背を反らせ、股間をグイと突き出しながらしのぶに限界の訪れを告げる。

「くあぁっ。も、もうすぐいくよ、しのぶっ。しのぶの大好物のザーメンで、たっぷりマーキングしてあげるからねっ。全部その発情したスケベ顔で受け止めるんだよっ」

陸にそう命じられたしのぶは、咥えていた亀頭を口から離すと、陸を上目遣いで見上げながら発情した牝犬のようにテロリと舌を大きく垂らす。そうして発情した顔を陸にしっかりと見せつけながら、陸を射精へと追い立てるべく乳房の谷間をさらに狭めて、乳肉でゴシュゴシュと激しく肉棒を扱きぬく。ほどなくして陸の肉欲は限界を迎え、乳房の間でビクビクと大きく脈打つと、やがてブビュブビュッと大量の白濁をしのぶの顔面めがけて勢いよく吐き出した。

「んぷあぁぁっ！　出てる、出てるぅっ。チ×ポからザーメンが、ドプドプ出てるぅっ。んあぁぁっ、あついぃっ。私の顔が、ドロドロになるぅ～っ」

大量の白濁をその美貌にぶちまけられ、精臭に鼻腔はおろか脳髄までジクジクと蕩かされて、しのぶはすっかり淫らな興奮に酔いしれる。はしたないチンチンのポーズでうっとりと精液を美貌に受け止めてゆくしのぶを、陸は興奮した面持ちで見下ろし、何度も何度も肉棒を震わせては精液をドパドパと浴びせかける。

「どうだい、しのぶ。夜のお散歩で冷えた身体には、熱いザーメンは気持ちいいだろう。ほら、顔だけじゃなく身体にもたっぷりと塗りこんで、僕の、主人のニオイを肌に染みこませるんだよ」

「ふぁいぃ。……んぷあぁ、顔がネチョネチョォ。乳マ×コもドロドロで、はひぃんっ、乳首がイクッ、乳マ×コイクゥ～ンッ」

陸が次々にぶちまける大量の精液を、しのぶは犬グローブを填めた両手でその美貌はおろか乳房にまでこってりと塗りたくってゆく。粘度の濃い液体は覆った肌を熱く火照らせ、しのぶは熱と精臭に美肌を焼かれてピクッピクッと淫らな絶頂に何度も肢体を震わせた。

「ふふ。すっかりザーメン塗れの発情メス犬になっちゃったね、しのぶ。オマ×コからもこんなにエッチな涎を垂らして。さあ、今日はしのぶはとてもお利口さんだったから、一つなんでもお願いを聞いてあげるよ。しのぶが今、一番してほしいことはなにかな?」

精液塗れになりながらチンチンポーズでハァハァと息を荒げて発情しているしのぶの、その頭を手のひらで撫でながら、陸はニコリと笑顔を見せる。すると牝犬になりきったしのぶは、スパッツからくり貫かれた股間を自らクイクイ突き出し、濡れそぼった秘唇を陸の足に擦りつけておねだりを始める。

「ハァ、ハァ……陸ぅ。オマ×コ、してほしい。発情メス犬のグショグショになったオマ×コを、陸の逞しいチ×ポで塞いでほしいっ。陸のドロドロザーメンで、メス犬マ×コにこってりマーキングしてほしいワンッ」

そのおねだりはあまりに淫猥でそれでいて愛らしく、普段のクールなしのぶの姿とのあまりのギャップに、陸は激しく獣欲を駆り立てられる。あれだけ大量に射精したというのに肉棒はたちまち空を向いて反り返り、陸はいてても立ってもいられないとばかりにその場を立ち上がる。

「エッチなおねだり、よくできたね、しのぶ。それじゃ、これからたっぷりそのお願いを叶えてあげるからねっ」

陸はしのぶのリードをクイッと引っ張って立ち上がらせると、先ほどマーキングをしたポールにしがみつかせる。そして先ほどより高くしのぶに右足を掲げさせると、その足首を自分の肩に乗せた。しのぶははしたないまでに大股開きになり、くり貫かれたスパッツからはヒクヒクと息づく秘唇がはっきりと見て取れる。

「ンアァァ……こ、こんな格好……ゴクンッ……」

「ふふ。メス犬のマーキングポーズで、今度は逆にマーキングされちゃうんだよ、しのぶ。ほら、露出散歩でグチュグチュに発情したメス犬マ×コに、主人のチ×ポがズブズブ入っていくよ……」

言いながら、陸は愛液に塗れたしのぶの秘唇にヌブヌブと亀頭を押しこんでゆく。膣壁はしとどに濡れそぼっていたが、やはり膣穴自体は狭く収縮もきついため、容易には侵入していかない。

「ふあぁぁ……私のオマ×コがあんなに広げられて……オマ×コにチ×ポが、ズプズプッて入ってきている……チ×ポ、ビクビク震えてるぅ……」

「そうだよ。しのぶのキツキツマ×コにギュムギュム締めつけられて、チ×ポがすごく喜んでるんだ。でも、まだだよ。もっともっと、奥の奥までハメてあげるから、しっかり見ているんだよっ！」

「ひゃぐっ!?　はひぃぃぃーんっ！」

陸は勢いよく腰を突き出し、しのぶに見せつけるように肉棒で膣穴を奥まで一気に抉りぬく。しかししのぶはあまりの衝撃にビクンッとおとがいを反らして身悶えてしまい、肝心の瞬間を見ることができなかった。

膣奥まで貫かれて生じた電撃のような強烈な快感に口をパクパクさせながら、しのぶはゆっくりと首を戻し、己の股間を見る。そこには先ほど以上に淫らに割り開かれてしまった秘唇と、あれほど長大だったにもかかわらず根元まで膣穴に呑みこまれてしまった肉棒があった。

「ンアァ……入っている……あんなに大きなチ×ポが、全部、根元まで……」

「うん。全部入っちゃったね。あんなに狭くてキツいオマ×コだったのに、僕のチ×ポを全部呑みこんで、いっぱいに広げられちゃってるんだ。オマ×コがミチミチに広げられちゃってるの、感じるでしょう」

「ふあぁ……感じるぅ……陸のチ×ポで、私のオマ×コ……パンパンに埋め尽くされて……オマ×コの襞が、ビリビリ痺れているぅ……」

意識を膣内に集中させてみっちりと広げられた膣襞の感触をしっかりと感じ、しのぶは瞳を蕩けさせ、唇をわななかせて結合部を陶然と見つめている。しっかりと挿入の感触をしのぶに意識させせた陸は、今度はゆっくりと肉棒を膣穴から引き抜いてゆく。

「それじゃ、しのぶ……これから思いっきり、交尾しようね」

「あぁぁ……こ、交尾……」

「そう、交尾だよ。こんなふうに外で裸になってするセックスなんて、動物の交尾そのものだよね。露出散歩ですっかり発情したメス犬になっちゃったしのぶに、思いっきり交尾してあげるからね……それっ！」

「アヒイィィーンッ!?」

膣口まで戻っていた亀頭が再び勢いよく膣道を貫き膣奥に叩きつけられて、しのぶは屋外にもかかわらず牝犬のような甲高い嬌声を上げる。陸は右手でリードを握りしめると左手でしのぶの腰をしっかり抱え、一心不乱にパンパンと腰を打ちつけ始める。

「アヒッ、ハヒィンッ！　きゃふっ、アッアッ、アヒィ～ンッ！」

「ほら、しのぶっ。しっかりポールをつかんでないと、お漏らしの上に落ちちゃうよ。もっとギュッとつかまって、お尻はこっちにグイッて突き出して」

「ンアァッ、わ、わかったっ。アンッ、アンアンッ、アハァンッ」

しのぶはすがりつくように冷たいポールをギュッと抱きしめ、そして腰は陸に向けてクイッと突き出す。陸はますます抽送を速め、グポグポとしのぶの膣穴を抉りぬいてゆく。しのぶはガクガクと頭を振りながら、必死でポールにしがみつき、夜の公園に淫らな嬌声を響かせる。それはまさしく獣の交わり、交尾そのものであった。

「くあぁっ。しのぶのマ×コ、いつもよりももっとギチギチ締まって気持ちいいよっ。外で交尾して興奮しちゃってるんだねっ」

「アンアンッ、きゃはぁんっ。興奮、してるっ。発情してるぅっ。こんな、外で、裸で、獣みたいにっ。私、本当にっ、メス犬になってしまっているぅっ」

「そうだよ。今のしのぶはメス犬だよっ。だから交尾のことだけ考えて、好きなだけエッチに鳴いていいんだよっ」

「アッアッ、私、メス犬だからっ。交尾のことだけ考えるっ。オマ×コと、チ×ポのことだけ考えるぅっ。アァンッ、アンッアンッ、きゃふっ、きゃはぁ～んっ」

ズボッズボッと膣穴を穿たれ、頭のなかまで快楽で蕩かされて、キャンキャンと牝犬のように喘ぎ鳴くしのぶ。陸もまた、蕩けきった極上の蜜壺による強烈な締めつけを味わいながら、クールな仮面を脱ぎ捨てて牝犬のように愛らしく鳴く愛しい美少女を思うままに貪り尽くす。

しばしの間、夜の公園にはブジュッブジュッという濡れた肉が擦れる卑猥な音と、ハァハァという荒い息遣い、そして艶の混じった甲高い牝の嬌声のみが響き渡る。だが、それもそう長くは続かなかった。屋外での露出セックスという背徳のシチュエーションは、二人の官能をいつもよりも遥かに激しく炙りたてていたのだ。

「くうあぁっ！　しのぶ先輩のマ×コ、すごく熱くなってるっ。ヌチョヌチョに蕩けて、グネグネ蠢きまくって、僕のチ×ポをギュムギュム搾り上げてくるぅっ」

「アンッ、アンアンッ。陸、私のマ×コ、きもちいいかっ。メス犬マ×コ、きもちいいのかっ」

「くうぅぅ〜っ！　き、きもちいいですっ。最高にきもちいいですよ、しのぶ先輩のメス犬マ×コッ。あぁぁっ。も、もう射精したくてたまらないのにっ、腰の動きが止められないいっ。出したいのに、まだまだ味わっていたいっ。犯し足りないのに、射精したいぃっ！」

いつしか抽送に没頭するあまり、陸から主人の仮面がすっかり外れていた。必死になって腰を振りたくり、ただただしのぶの狭い肉壺の感触を味わい尽くす陸。陸もまた肉欲を求める一匹の獣になっていた。

「アヒンッ！　アヒアヒッ、ハヒィンッ！　激しいっ、はげしすぎるぅっ。ズボズボすごいっ、オマ×コこわれるぅっ。頭のなかが、グチャグチャになるぅっ」

「くあぁぁっ。これが交尾っ、獣のセックスッ。もっと、もっと激しくっ。もっともっと突いて、もっともっと犯しまくって。しのぶ先輩の奥の奥に、思いっきりマーキングするんだっ」

陸はしのぶに半ばのしかかりながら、気も狂わんばかりに激しく腰を振り続け、膣襞をカリ首でゾリゾリとこそぎ上げ膣奥を抉りぬく。しのぶはただただポールにしがみつきアンアンと嬌声を上げ、それでも無意識に腰を突き出しより深い挿入を求めてゆく。

そしてとうとう、陸の肉棒に射精の予兆が訪れる。ビクッビクッと膣穴で大きく暴れ狂う肉棒。するとしのぶの膣襞はすかさず肉棒にネッチョリと絡みつき、無意識のまま根元から先端までを濡れそぼった柔肉でグチャグチャと揉み上げ始める。

「んくあぁぁーっ！　しのぶ先輩のオマ×コ、すごいぃっ。ザーメン欲しさにグチュグチュにうねってっ。これがメスッ、発情したメスマ×コッ」

「ンアァッ、アヒィンッ。陸のチ×ポ、ビクビクしてるっ。射精したくて、オマ×コのなかで震えているぅっ」

「い、いきますよしのぶ先輩っ。射精しますっ、しのぶ先輩のメスマ×コを僕のザーメンでいっぱいにしますっ」

「アッアッ、はへぇぇっ。射精っ、射精してくれぇっ。メス犬の私を交尾でアクメさせてくれっ。陸のザーメンペットにマーキングしてほしいぃ～っ！」

そして、牝犬になりきったしのぶの淫らなおねだりと同時に、狭い蜜壺がさらにキユキユゥッときつく収縮する。パンパンに張りつめた肉棒を根元からギュムギュムと

搾り上げられ、陸はたまりにたまった肉欲を勢いよく膣奥に噴出する。

ドビュルルルッ！　ビュクビュクッ、ブビュッ、ズブビュビュ――ッ!!

「ンアヒイィ――――ッ!?　イクッ、イクウゥゥ――――――ッ!!」

夜の公園に、牝の絶叫が響き渡る。しのぶはポールをつかんだまま背筋を折れんばかりに反り返らせ、目を見開き大口を開け舌を突き出して、絶頂にビクッビクッと肢体を痙攣させる。

「くあぁぁ～っ！　出るっ、まだまだ出るっ。全部出すっ。一滴残らず、しのぶ先輩のオマ×コにっ」

陸は射精しながら手にしたリードをグイと引っ張り、しのぶの身体を引き寄せる。そしてその身体をギュウッと抱きしめると、射精中の肉棒をさらにグリグリと膣内へねじこみ、子宮口を亀頭でひしゃげさせこじ開けながら膣奥へ灼熱の精液を注ぎこんでゆく。

「アヒッ！　アヒィンッ！　イクッ、イクゥッ！　ビュクッてするたびにイクゥッ！陸にドクドクッ、射精されるたびにイクゥッ！」

「イッてください。何度でもイッてください、しのぶ先輩っ。しのぶ先輩が望むだけ、何度だって射精しますから……んむ……ムチュゥ……」

「ふむっ、んむぅん……プチュ、チュパッ……ハヒィン……イクッ、またイクゥ～ンッ」

グイグイと腰を回し膣穴を掻き回しつつ射精しながら、陸はしのぶの顔を引き寄せ唇を貪ってゆく。しのぶもまた陸の唇を吸い立てながら、膣奥で精液が弾けると共に全身を駆け巡る強烈な快感に、何度も絶頂に昇りつめピクピクと肢体を痙攣させた。

やがて、長い長い射精も終わりを告げる。陸がゆっくりと肉棒を引き抜くと、ポッカリと広がったままの膣穴がダラダラと白濁をこぼしながらもどかしげにヒクヒクと収縮する。そして次の瞬間、膣奥からピュピュッと透明な蜜が勢いよくしぶき、陸の足に噴きかかった。しのぶは絶頂の果てに、潮を噴いたのだ。

「あぁ……しのぶ先輩のオマ×コ、潮を噴いてる……。僕も、マーキングされちゃいましたね」

「ふあぁ……そうかも、しれないな。私の身体も……陸を、独り占めしたくて……マーキング、してしまったのだろうな……」

秘裂からしぶく淫蜜を陶然と見つめながら、しのぶがそう呟く。二人の肉体は、すっかりお互いをなくてはならない存在だと認識しているようだ。

そして二人はどちらからともなくもう一度唇を重ね、互いを貪り合う。辺りは夜の闇に包まれているというのに、二人寄り添っていれば、肌寒さに震えることもなかった。

第六章　先輩はHな正義のヒロイン

「悪は絶対に許さない！　闇の戦士、ピュアセレノン！」

ビシッとポーズを決めるしのぶ。一瞬の沈黙の後、陸が拍手と共に歓声を上げる。

「おお～っ。すごく似合ってますよ、しのぶ先輩。かっこいいです」

満面の笑顔で褒め称える陸に、しかししのぶは徐々に顔を真っ赤に染め、ついには後ろを向いてしゃがみこんでしまう。

「……世辞を言うな。どうせ私のような女には、こんな格好は似合わない……」

「そ、そんなことないですって。すごく似合ってますってば、しのぶ先輩」

膝を抱えて俯いているしのぶを、陸は必死にフォローした。

しのぶに日曜日の早朝に放送している変身ヒロインアニメを視聴するという趣味が

あるとわかったのは、先日の昼休みのことだった。

『そういえばしのぶ先輩、朝の変身ヒロインアニメのキャラに似てますよね』

いい年をしてそんなものを見ているのか、と呆れられるのをなかば覚悟で口にした言葉であったがしのぶは思いのほか食いついてきた。

『えっ。……そ、そうか？　り、陸は、そういうアニメをよく見たりするのか？』

『え、ええ。なんか僕、昔からカッコイイ女の人が好きみたいで、ついつい見ちゃうんですよね。子供っぽいかもしれませんけど』

『そ、そんなことはないぞ。強い女性に憧れるという気持ちはよくわかる。かくいう私も、初めはそんな彼女たちに憧れて武術の道を志し………あ……』

つい饒舌になってしまったしのぶを、陸は目を丸くして見つめる。我に返ったしのぶは途端に耳まで真っ赤に染まり、俯いてしまうのだった。


その後、顔を赤らめて拒むしのぶからなんとか少しずつ話を引き出し、陸は数日かけてようやくしのぶの隠された趣味を知ることができた。

影崎家に生まれたもののしのぶは初めから後継として育てられていたわけではなかった。幼心にテレビのなかの変身ヒロインの強く気高い勇姿に憧れたことで、自身も彼女たちのようになるべく、父に頼みこみ弟子として修練に励むようになったのだという。

そして今も変わらず、しのぶは幼き日の心を持ち続けたまま、そういったアニメを見るのを楽しみにしているそうだ。

その話を聞いた陸は、どうしても変身ヒロインの姿をしたしのぶを見たくてたまらなくなってしまった。そこで現在放送中の変身ヒロインアニメ『ピュアピュアプリズム』のヒロインの一人、ピュアセレノンのコスプレ用コスチュームをインターネットで注文し、それを持参してしのぶに着てくれるよう頼みこんだのだ。

ちなみに今日は日曜日の朝。朝の修練の後、先ほどしのぶの部屋で本日の『ピュアピュアプリズム』の放送を一緒に見たばかりである。放送終了後で内心テンションが上がっていたのか、陸が必死に頼みこむと、しのぶは渋々といった様子を装いつつも時折頬を緩めながら、陸の前で変身姿を見せてくれたのであった。

「うう……キミも本当は、無骨な私にはこのような格好は似合わないと思っているのだろう」

陸に背を向け膝を抱えて丸まったまま、しのぶが呟く。ピュアセレノンのコスチュームは黒のノースリーブの臍出しブラウスと黒いスパッツ、そして指先まで覆う黒のロンググローブと、黒いブーツで構成されている。それだけ聞くとしのぶにも似合いそうではあるが、各パーツにふんだんにフリルやリボン、ハートマークがデザインされており、それがしのぶには猛烈に恥ずかしいらしい。

「そんなことないですって。ピュアセレノンは主人公たちのピンチに颯爽と現れる新しい謎の美人戦士ですし、しのぶ先輩のイメージにピッタリですよ」

ピュアセレノンは番組中盤から加わった新しいキャラクターで、まだまだ謎に満ちている大人びたキャラだ。他のかわいらしさが強調されたキャラではなく、陸はなるべくしのぶに合ったキャラをチョイスしたつもりだった。

「……ほ、本当に……おかしくはないだろうか」

「ええ。すごく似合ってますよ」

「そ、そうか……ふふ」

陸の必死のフォローで、しのぶはようやく笑顔を取り戻した。と、その時。

『キャーッ！』

どこからか、少女の悲鳴が聞こえてきた。

「ん？　あの声……マリちゃんの声に似てるような……？」

それは初めてしのぶの姿を見かけた日に出会った、マリという犬を連れた少女の声によく似ていた。その後も道場に通うようになった陸は何度かマリと顔を合わせ、軽く挨拶をかわす間柄になっていた。

「あの声、裏山の方から聞こえたな。最近あの辺りは野犬が出るようになったと聞くが……まさかっ！」

しのぶはハッとして立ち上がると、そのまま勢いよく部屋を飛び出してゆく。

「ええっ？　し、しのぶ先輩、その格好のまま行くんですか？　ま、待ってください。僕も行きます、しのぶせんぱ～いっ」

陸は慌ててしのぶの後を追い部屋を出たのだった。


「うう～っ……こ、こわいよぅ……」

うっそうとした木々のなか、マリは大木の根に隠れて小さく震えていた。その視線の先には唸りを上げる野犬が数匹。

朝のアニメを見た後、日課である犬のジョンの散歩に出かけたマリであったが、家を出てすぐに乱暴な運転で飛び出してきた車に出くわした。怪我こそなかったものの思わずリードを手から放してしまい、車に驚いたジョンは錯乱したまま裏山の方へと駆けていってしまったのだった。

少女には危険な崖もあったりと、裏山には決して近寄らないようにと言いつけられていたマリであったが、ジョンのために意を決して一人捜索に向かった。しかしジョンより先に運悪く野犬たちに出会ってしまったのだった。

息を殺して野犬たちを見つめているマリ。野犬はマリには気づいていないようで、上手くやりすごせるかと思ったその矢先、知らずお尻の下で木の枝を踏みつけてパキッと折ってしまう。その音に反応し、野犬がマリの方を振り向きグルルと低く唸る。

「ひうっ！　……た、たすけて……ジョン……おかあさぁん……」

震える声で小さく呟き、マリはキュッと目を閉じる。だが、その時。

「待てっ！」

凛とした女性の声が響き、マリをかばうように野犬の前にスッと立ちはだかった。その声にマリはおそるおそる両目を開け、そしてその姿に目を輝かせる。

「わぁっ。ピュ、ピュアセレノンだっ」

感激の声を上げるマリに、その女性は軽く振り向き薄く笑いかけると、再び野犬に向き直る。唸りを上げる野犬と、構えを取り眼力をこめて野犬を見据える女性。そして続く、しばしの沈黙。

が、一部の隙もない女性の構えと彼女の放つ気に怖気づいたか、野犬はやがて根負けするとキャインと鳴き声を上げて林の奥へと逃げ去っていった。

「……ふう。キミ、大丈夫？　怖かったろう？」

野犬が逃げ去るのを見届けた女性は、一つ息を吐くと、振り返りしゃがみこんでマリの頭にポンと優しく手を乗せる。とそこで、

「し、しのぶせんぱ～いっ。……はぁ、はぁ。やっと追いついた。……あれ？　マリちゃん？」

声がして、男の人が息を切らしながら駆けてきた。それは時々出会う、お向かいの広いお屋敷に通っているおにいさんであった。そのおにいさんの顔を見たマリは、改めて女性の顔を見つめ、そして驚きの声を上げる。

「ええーっ!?　お、お向かいのおねえちゃんが……ピュアセレノンだったの？」

「ぬ……」

しのぶは困り果てていた。マリを無事に助け出したまではよかったが、たまたま着ていたこの格好のせいで、どうやら本物の正義のヒロインと勘違いされてしまったようだ。

マリは目をキラキラと輝かせ、憧憬の視線をしのぶに向けている。それは幼い頃、テレビのなかのヒロインに自身が向けていたのと同じ瞳の輝き。それがわかるだけに、しのぶは無碍に否定することができなかった。

「そうだよ、マリちゃん。実はこのお姉ちゃんが、ピュアセレノンだったんだ」

「お、おい陸っ」

しゃがみこみマリの頭を撫でながらとんでもないことを言い出した陸に、しのぶは思わず声を上擦らせる。しかし陸はパチリとしのぶにウインクして返す。

「でも、このことは僕たちだけの秘密だよ。ピュアピュアプリズムの正体は秘密にしなきゃいけないんだ。わかるよね」

「うんっ」

陸の言葉に、マリは勢いよく頷いた。実際に作中でも正体は秘密にしなければならないと再三登場人物たちが口にしていたので、素直に受け入れたのだろう。

「そっか～。おねえちゃんがピュアセレノンだったんだぁ。……ちょっと怖そうだけど、すごく綺麗だし、本当はとっても強いんだって噂を聞いたことがあるよ。本物のピュアセレノンに会えるなんて、嬉しいな～」

「そ、そうか。それはよかった……」

しのぶ自身の口調と声質もたまたまピュアセレノン役の声優に近かったことで、どうやら怪しまれずにすんだらしい。しのぶはなんと言ってよいかわからず、苦笑を浮かべつつマリの髪を撫でてやった。

「あっ。そうだ、ピュアセレノン。ジョンを助けてっ。いなくなっちゃったのっ」

するとジョンの存在を思い出したマリが、小さな手でキュッとしのぶの手を握り懇願する。幼い少女の願いを聞く。長年憧れていたシチュエーションが不意に訪れ、しのぶは思わず感激にフルフルッと肢体を震わせるのだった。

しのぶは陸にマリを自宅へ送るように頼み、自らはジョンを探しに山の奥へと入っていった。再び野犬が出てこないとも限らないし、足場の悪い奥へマリを連れてゆくわけにはいかなかった。

木々の間を颯爽と駆け抜けながら、しのぶはジョンの姿を探す。会話こそ交わしたことはないものの、ジョンを散歩させているマリの姿はこれまでに幾度も見かけ、微笑ましく見守っていたものだった。

そうして山の奥へと入ってゆくと、やがて辺りを覆っていた木々が消え、視界が開ける。そこには数メートルの崖が広がっていた。これより先へ行くのは困難だろうと引き返そうとしたしのぶであったが、ふと背中からバウッと鳴き声が聞こえる。

振り返って崖下を覗きこんでみると、崖にできた広さ一メートルもない小さな足場にジョンが鎮座していた。どうやら崖から段差へ滑り落ちてしまったらしい。

「ジョン……大丈夫か？」

しのぶはその場にしゃがみこみ、ジョンへ向かって手を伸ばす。しかしジョンはピクッと身体を震わせると、その場に縮こまってしまい、しのぶの手を取ろうとしない。

もし強引につかもうとすれば、ジョンは暴れて狭い足場から崖下へ転落してしまうかもしれない。かといって、脆そうなその足場がいつまでも安全とは考えにくい。

どうするべきかとしばしの間思案したしのぶだが、やはり自分がやるしかないと判断し、意を決して再びジョンに向かって手を差し伸べる。

「ジョン……こっちへおいで……」

しのぶの呼びかけに、しかしジョンは逆にその場を後ずさりする。そのわずかな動きでパラパラと小石が崖下に落ち、不安を煽る。予想していた通りの反応にしのぶは唇を噛むが、それでも極力平静を保ち、再びジョンに呼びかける。

「ジョン……おいで……マリちゃんが待っているぞ……」

何度か呼びかけるが、ジョンは警戒したまま動こうとしない。今にも転げ落ちてしまうのではないかと、しのぶは次第に焦りを感じ始める。

「くっ……。ダメ、なのか……。陸……私は、どうすれば……。ハッ！」

知らず呟いた陸の名前。そこにヒントを感じ、しのぶは気持ちを落ち着かせる。そしてしのぶは、頭のなかに陸を思い描きながら、もう一度その手を差し出す。

「ジョン、おいで。……一緒に、帰ろう」

孤独だった自分に差し出された、陸の温かい手のひら。その手と優しい気持ちを己に重ねて、しのぶはジョンに手を差し伸べる。

そして、しばしの沈黙。縮こまっていたジョンはやがてのそりと動き、しのぶに向けて前足をヒョイと差し出した。しのぶ自身は気づいていなかったが、この時しのぶは、動物に触れたいという欲求ともし拒否されたらという不安で凝り固まった動物たちに見せるいつもの表情ではなく、慈愛に満ちたとても穏やかな表情を浮かべていた。

「よし。いい子だ、ジョン……」

しのぶは優しくジョンに微笑み返すと、ジョンの前足を両手でつかんで抱き起こし、それからジョンの脇に両手を入れてジョンの身体を引き上げる。なんとか助けることができたと内心でほっと胸を撫で下ろしたその時、しのぶの身体の下の地面が崩れ、しのぶの身体が前にズルッと傾いてしまう。

「う、うわっ！」

このままでは、ジョンと一緒に崖下に落ちてしまう。せめてジョンだけは守らねばと、しのぶはジョンをギュッと抱きすくめ、そして衝撃に備えて両目をギュッと閉じる。

しかし、予期していた転落は起こらなかった。なにかがしのぶの両足をギュッとつかんでいたのだ。

「だ、大丈夫ですか、しのぶ先輩っ」

「り、陸っ？」

「よ、よかった……なんとか間に合いました……」

額に冷や汗を浮かべながら、それでも陸はしのぶを安堵させようと笑顔を見せる。

そして陸は、思いのほか強い力で、しのぶとそしてジョンをも崖上へ引っ張り上げていった。

「陸……ありがとう」

「いえ、そんな。でも、本当に間に合ってよかったです」

照れ笑いを浮かべる陸はいつもより何倍も頼もしく、しのぶはその顔を眩しそうに見つめたのだった。


こうしてしのぶは陸と共に、ジョンを無事連れ帰ることに成功した。帰ってきたジョンの姿を見て、満面の笑顔を浮かべるマリ。マリに礼を述べられたしのぶは、幼き日からの正義のヒロインへ憧れた夢が叶ったようで、爽やかな笑顔を浮かべていた。

そしてジョンもまた、しのぶへの感謝の念を示すように、わふっと吠えるとしのぶの顔をベロベロと舌で舐め回した。初めてのことに戸惑いながらも、しのぶはくすぐったそうにしつつ、嬉しそうにその感謝の意を受け止めていた。

そんな幸せそうなしのぶの様子を、陸は傍らで嬉しそうに見つめていた。


「それで、だ。陸……」

「は、はい。んぁっ。……な、なんですか?」

湧き上がる刺激に上擦った声を上げながら、陸が尋ねる。

「ジョンを無事に連れ帰れたのは陸のおかげだ。陸がこれまで私にしてくれた特訓がなかったらジョンは私の手から逃げ去っていただろうし、あの時陸が間に合っていなければ私はジョンと共に崖下に転落していたかもしれない。だから、そんな恩人である陸に、私は礼がしたい。そう言ったな」

「は、はいっ。んくっ。そ、そうですね」

「あの瞬間のキミは、いつもより本当に頼もしく見えた。私は本当に、陸に感謝しているのだ。だから、キミの望むことはなんでもしてあげたい。そう思った。だというのに……どうしてキミの望みは、いやらしいことばかりなのだ？」

かすかに頬を膨らませながら、しのぶがカリッと陸の乳首に軽く歯を立てる。その瞬間、全裸の陸はビクッと身体を震わせた。

陸の両手を優しく取り、女神のような笑顔で望みを尋ねたしのぶ。そんなしのぶに陸がただ一つ望んだのは、ピュアセレノンのコスチュームのまま奉仕してほしい、というそれまでの感動的な流れが台無しの淫らな願いであった。

「くあぁっ。そ、そう言われても……そのコスチューム、しのぶ先輩に本当によく似合っていて、まるで本物みたいで……。僕、実を言うと子供の頃から、正義のヒロインの恋人になるのが夢だったんです」

「むぅ……。キミは私やマリちゃんのように純粋に正義のヒロインに憧れているのかと思ったら、本当はいやらしい目で彼女たちを見ていたのだな」

不満げに呟きながらも、しのぶは黒のロンググローブを塡めた手で全裸の陸の胸板をサワサワと撫で回してゆく。

ジョンをマリの家に無事送り届けて、その後屋敷に戻った二人。玄関で先の質問を受けた陸は、しのぶを押しきり強引に約束を取りつけると、はしゃぎながらしのぶの部屋へ向かった。陸は手早く布団を敷くと、どこかの怪盗のようにスポーンと服を脱ぎ捨て、全裸で仰向けに寝転がった。そんな陸にしのぶはため息を吐きつつも、コスチューム姿のままその傍らに寝そべり、望みを叶えるべく陸の裸体に両手を這わせ始めたのだった。

「そ、そんなことないですっ。強くてカッコイイヒロインは、純粋に僕の憧れで……でもやっぱり、僕は男だから……その先のことも、考えちゃうっていうか……」

しどろもどろで弁解する陸をジト目で見つめるしのぶ。

「ふぅん。そうか。こんなふうにチ×ポをバキバキに硬くして、正義のヒロインと淫らにセックスすることを考えていたのだな」

しのぶはすでにビンビンに反り返ってカウパーを撒き散らしている陸の肉棒を右手で握ると、シュッシュッと軽く扱きたてる。

「くあぁっ。それ、いいっ。手袋のスベスベが、たまらないですっ」

「んくっ。こんなに熱くチ×ポを滾らせて……。飛び散ったカウパーが、手袋についてしまったぞ。染みこんでしまったらどうするのだ……」

　布越しに伝わる肉棒の熱さにフルフルッと軽く尻たぶを揺するしのぶ。しのぶはまだ気づいてはいないが、陸の劣情は肉棒を通して確実にしのぶに伝播し、その肢体を悦楽の熱で炙り始めていた。

　しのぶは右手で肉棒をシコシコと扱きたてつつ、左手で陸の顔を撫で回す。

「フフッ。このスベスベした感触が心地よいのだろう。トロンとした顔をして。いやらしい男だ、キミは。……おや。乳首がこんなに立ってしまっているぞ。男のくせに、恥ずかしいな……チロッ」

「うあぁっ。ま、また乳首ぃっ」

　撫で擦り、刺激するたびに、快感にビクビクと身体を震わせる陸。いつもは正体をなくすまで攻め立てられているがゆえに、この逆転した立場が、しのぶは徐々に心地よくなってゆく。

「フフフ。気持ちよいか、陸。チロチロ、ペロッ。憧れの正義のヒロインに全身を撫で回され、チ×ポをしごかれながら乳首を舐められて、感じているのだな。カウパーがどんどん溢れて、手袋がグチュグチュになってきたぞ……コリッ。チュパチュパッ、カジッ」

「くぁーっ。乳首がビリビリするっ。チ×ポもスベスベとニチュニチュが混ざり合って、たまらないぃっ」

普段とは違う妖艶な雰囲気をまとったしのぶによる乳首攻めと手コキに、陸は極度の興奮に腰を浮かして身悶える。いつしかしのぶ自身も、陸を快楽に喘ぎ悶えさせることに妖しい悦びを見出してしまう。

「陸、射精したいのか？　このままスベスベの手袋で、ドピュドピュとザーメンを搾り取ってほしいのだろう」

「ああっ、ほしい、してほしいですっ。しのぶ先輩の手で、チ×ポからザーメン搾り出してほしいですっ」

「まったく、仕方のない男だな、キミは。これはオシオキだぞ。正義のヒロインに対して淫らな妄想を抱くイケナイ男の子から、溜まった欲望を搾り取ってあげよう。もう正義のヒロインに大して淫らな想いを抱かないように、たっぷりとすべてを吐き出すのだぞ。……んむ、チュウゥ……」

しのぶは右手で肉棒を握ったまま左手で黒髪を掻き上げると、陸の顔に顔を寄せ、その唇を塞ぐ。そしてチュパチュパと唇をついばみながら、肉棒を扱き上げてゆく。

「ブチュチュッ、チュパッ。ああ、ピュアセレノンがキスしながらチ×ポをしごいてるっ。すごい、夢みたいだっ」

「ムチュッ、ムチュッ。チュパッ、チュウチュウッ。陸、キスはきもちよいか？」

「はいっ、すごく気持ちいいですっ。でも、もっとすごいキスがしたいです。恋人同士でしかできないような、唾液塗れでいやらしい音を立てる激しいベロチュウがしたいですっ」

「んあぁ……ベロチュウ……。本当に、どうしようもなくいやらしいな、キミは。……あむぅ。チュパッチュパッ、レロレロッ、ブチュチュッジュパジュパッ」

陸にねだられて、しのぶはひしゃげるほど唇を押しつけ、卑猥な音を立てながら陸の唇を吸い、口内を舐め、しゃぶりたてる。普段陸にされている濃厚な接吻を思い返しつつ、しのぶは陸の唇を自分から貪ってゆく。いつの間にかしのぶの表情は、淫欲にしっとりと蕩けていた。

「ベロベロベロッ、ジュパッジュパパッ。くあぁっ、ベロチュー手コキたまんないっ。しのぶ先輩、僕、もうすぐ出そうですっ」

「ムチュムチュ、チュルルッ。ふあぁ、も、もうすぐイクのだな。いいぞ。思いきりすべてを吐き出すんだ……ブチュルッ、ジュパッ、レロレロレロォ～ッ」

しのぶはより濃厚な接吻を施しながら、肉棒をしっかりと握り直す。人差し指で亀頭をくじり回し、親指と中指で笠裏を何度も擦り上げ、そしてしっとりと濡れた布地に包まれた手のひらで肉幹をゴシュゴシュと激しく何度も扱き上げる。

何度も腰を浮かせて身悶えていた陸は、やがて一際大きくグイッとブリッジし、天に向かって肉棒を突き出しながらとうとう溜まりに溜まったすべてをぶちまける。

「くあぁぁーっ。いくっ、いきます、しのぶ先輩っ。しのぶ先輩の手のなかで、射精するぅっ！」

ドビュルルルッ！　ビュクッビュクッ、ブビュビュッ、ドパドパッ!!

「ふあぁぁっ？　な、なんという勢いだ……それに、すごい量……。私の手で、これほどまでに気持ちよくなっているのだな……」

天井に届かんばかりに勢いよく噴き上げた大量の精液は、やがて重力に引かれて陸自身の身体、そしてしのぶの身体へとビチャビチャと降り注ぐ。とりわけ肉棒を握る右手には大量の精液がへばりつき、黒い布地を白濁でジクジクと汚してゆく。

「フフ……いいぞ、陸。もっと、もっと吐き出すのだ。淫らな思いは、すべて吐き出してしまうといい……私がすべてを、受け止めてやろう……ふあぁ……」

室内にたちこめる濃密な精臭に小鼻をヒクつかせながら、しのぶは射精を続ける肉棒をさらに扱きたててゆく。手袋を汚す精液は肉棒を扱く潤滑油となり、ヌチュヌチュと卑猥な音を立てて滑りのよくなった肉竿の表面を布地に包まれた手のひらが何度も行き来し撫で擦る。

やがて、陸の肉棒はゆっくりと脈動を静めてゆく。しのぶは自らが扱き出した大量の精液を呆然と眺める。とりわけベットリと白濁がへばりついた黒い手袋は、陸の淫らな気持ちを昇華させたどころか自らもまた淫らに染め抜かれてしまったかのようで、ゾクゾクとしのぶの背徳感を刺激した。

「ほら、陸……。これが、キミが汚してしまった私の手だぞ。こんなにドロドロに汚して……ニチャニチャと糸を引いているではないか……チロッ。チュプ……」

肉棒から右手を放したしのぶはその手を陸の前にかざすと、いかに粘度の強い白濁でドロドロに汚れているかをしっかり見せつけてから、舌で舐め上げ指をしゃぶって淫靡に精液を舐め取り始めた。

「うあぁ……しのぶ先輩が、僕のザーメン塗れの手袋をしゃぶってる……ゴクッ」

「チュパチュパ、レロォッ……そうだ。このままにしていては、正義の象徴である大事なコスチュームに、卑猥なニオイが染みついてしまうからな。しっかりと、舐め取らないと……レロッ。ベロッ、ベロォ～ッ」

見せつけるように大きく舌を垂らし、白濁塗れの手のひらをベロリベロリと舐め上げてゆくしのぶ。その様子を陸は、目を血走らせ食い入るように見つめる。いつの間にか放出を終えたばかりの肉棒が再び硬度を取り戻していることに、すっかり淫らな行為に酔いしれているしのぶは気づいてはいない。

「ネロオォ～～ッ。チュパッ、チュパッ。…………ゴキュンッ。ほら、どうだ。陸の淫らなザーメンは、私がすべて舐め取ってやったぞ。フフッ。さあ、これに懲りたら、もう正義のヒロインを淫らな目で見つめるのはやめるのだな、むぷぅっ!?」

　陸を見下ろしつつ勝ち誇るような笑顔を見せるしのぶであったが、優越感に酔いしれるあまり陸の表情に再び肉欲が滾っているのに気づくことができなかった。言葉の途中で下から強く抱き寄せられ、その唇を唇で完全に塞がれてしまう。

「ジュパジュパッ、ジュルルッ。ああっ、しのぶ先輩っ。ザーメン塗れの指をベロベロ舐め取るエッチな顔、ドスケベすぎてたまりませんっ。僕、あれだけ出したのに、またチ×ポがガチガチになっちゃいました」

「んぷぁっ、な、なんだと？　バ、バカな……あれだけ、搾り出したのに……」

　抱き寄せられて陸の身体に馬乗りになったしのぶは、スパッツ越しに擦れる隆々と勃起した肉棒に、驚きの声を上げておののいてしまう。

「しのぶ先輩。僕、しのぶ先輩が思うよりも、ううん、自分自身で思ってるよりも、ずうっとスケベなんだと思います。カッコイイしのぶ先輩の姿に憧れるのと同時に、そんなしのぶ先輩のいやらしい姿が見たい、エッチなことがしたいって気持ちが次から次へと湧いてきて……。だから、手コキ一回じゃ収まらないんです。ううん。もしこの後、ザーメンが涸れるまで扱かれたとしても、明日にはまたチ×ポをガチガチにしちゃう、そんな男なんです、僕は」

「陸……」

陸の訥々とした告白を、しのぶはただ黙って聞いている。

「でも、しのぶ先輩に憧れている気持ち、大好きだって気持ちは本当です。だから……こんなスケベな僕だけど、これからも一緒にいてもらえますか。しのぶ先輩。僕だけの、ヒロインになってください」

不意を突いた陸の告白。それはしのぶの胸を突き、キュウンと甘く痺れさせる。

「……まったく。仕方がないな、陸は。……わかった。私は今から、キミだけの……正義の、ヒロインだ。だから……この節操のないチ×ポが何度ムラムラと発情しても、私が責任を持って、キミを静めてあげるからな。……チュッ」

背後に手を伸ばし逞しく反り返った肉棒を手のひらで包みこみつつ、しのぶは照れ臭そうに呟く。そして瞳を閉じ、陸の唇に唇をそっと重ねたのだった。

「……それにしても。まさかこのスパッツに、こんなところにチャックがついているとは……」

仰向けに寝転がる陸の腰に馬乗りにまたがって身を起こしたしのぶは、呆れた様子で己の股間を見る。穿く時はあまり意識しなかったが、その股間には剝き出しにできるように中心にチャックがついていた。

「まさか、初めからそれが目的で私に着せたのではあるまいな」

しのぶが再びジト目で陸を見下ろす。

「ええっ？　ち、ちがいますよっ。股間にチャックがついてるなんて僕、知らなかったですし。……でも、あの、正直に言うと……ピュアセレノンのコスチュームを着たしのぶ先輩と、エッチできたらな、とは……思ってました」

しのぶの視線を受け、正直に白状してしまう陸。そんな陸を、ため息を吐きつつもクスリと笑みを浮かべてしのぶは見つめる。

「本当に、キミは自分で言うように、どうしようもないほどドスケベなのだな。……でも、まあいい。そのドスケベな気持ちが、すべて私に向いているのなら……私が静めるしか、仕方がないのだものな」

そう呟くと、しのぶは股間へ手を伸ばし、ゆっくりとスパッツに取りつけられたチャックを下ろしてゆく。黒いスパッツの中心に作られてゆく、白い穴。そしてしのぶは、その白を描く濡れそぼった純白の下着を指でクイと寄せ、トロトロの蜜に塗れてうっすらと口を開けている秘唇を陸の眼前に晒した。

「ああ……しのぶ先輩のオマ×コ、濡れてる。ピュアセレノンのコスチュームを着て、僕のチ×ポを扱いて射精させたザーメンを舐めて、興奮してたんですね」

「い、言うな……。陸のいやらしさが、伝染してしまっただけだ。そんなことを言う

ろす。

陸の指摘に羞恥で顔を赤くしたしのぶは、オシオキとばかりに陸の顔の上に腰を下
「わぷっ。うあ、しのぶ先輩の股間から、エッチなニオイがムンムンします。僕もう、たまらない……ペロッ。はむ、チュチュゥッ」

しのぶに顔面騎乗されながら、しかし陸はたちこめるしのぶの蜜の香りに表情を蕩けさせ、自ら秘唇にジュパジュパとむしゃぶりついてしまう。

「んあぁあっ！　こ、これはオシオキだというのにっ。私のお尻に下敷きにされながら、そんなに美味そうにオマ×コにむしゃぶりつくなんてぇっ。ひあっ、はあぁぁんっ」

ぽってりと膨らんだ恥丘を丸ごと咥えこみ、秘裂に舌をねじこんでグネグネと媚肉を舐め上げる陸。しのぶは快楽の喘ぎを上げ、陸の顔の上ではしたなく腰を振ってしまう。

「んあぁっ、はひぃんっ。本当に、なんていやらしいんだ陸は。オマ×コに下敷きにされて、こんなにチ×ポを勃起させて、カウパーをダラダラ溢れさせてぇっ」

「くうぅっ。しのぶ先輩の手が、また僕のチ×ポをしごいてるっ。もっと、もっとしごいてください、しのぶ先輩っ。ベロッベロッ、ムチュムチュ、ジュチューッ」

下から秘唇を舐められて上体を反らしながら、しのぶは後ろに手を回して肉棒を手で扱きたてる。その刺激に陸はますます興奮し、下品な音を立ててしのぶの股間をふやけるまでとことん舐めしゃぶった。

「ひあぁっ、んあぁぁっ。こ、これではオシオキではなく、ご褒美ではないか。も、もうオマ×コはお預けだぞ、陸……んふぅ……」

執拗なクンニに腰が痺れて上手く力が入らなくなるも、しのぶはなんとか腰を上げ、股間にむしゃぶりつく陸の唇を引き剝がす。そしてのそのそと後ずさると、手コキでビンビンに反り返らせた肉棒の上で膝立ちになり、自ら秘唇に指を添えて媚肉をクニッとくつろげた。その瞬間、なかに溜まっていた愛液がトロリと垂れ落ちる。

「淫らなことばかり考える、ドスケベチ×ポめ。これから私のオマ×コで、オシオキしてやるからな。……んあぁ……はあぁぁぁんっ」

しのぶは自分から腰を下ろし、狭い蜜壺で肉棒をズブズブと呑みこんでゆく。その光景を興奮した面持ちでジッと見つめていた陸は、やがて何度貫いても驚異的な締めつけを誇るしのぶの膣穴に肉棒をギュムギュムと締めつけられ、悦楽の悲鳴を上げる。

「うあぁ……しのぶ先輩のキツキツオマ×コが、自分から僕のチ×ポを呑みこんでいく……。……くあぁ……はうぅぅっ。す、すごく締まるっ。しのぶ先輩のオマ×コ、キツすぎて僕のチ×ポが潰れちゃうっ」

狭い膣道をみっちりと押し広げ、ズブズブと肉棒を根元まで呑みこむしのぶの膣穴。そしてしのぶは陸の上で、見せつけるように淫らに腰をくねらせ、膣穴で肉棒を搾り上げてゆく。

「アンッ、アァンッ。ウフフ、どうだ、陸。節操のない勃起チ×ポを、私のオマ×コにギチギチ締めつけられる気持ちは。もどかしいだろう。激しく腰を振って、私のオマ×コをズボズボ乱暴に犯したいのだろう。でも、だめだ。今日のキミは、私に逆らえないのだから」

「うあぁっ……そんな、そんなぁ……」

いつの間にそんなテクニックを手に入れたのか、しのぶは膣圧を自在にコントロールし、陸が抵抗しようとすると膣穴で肉棒を痛いほど締め上げてその動きを封じてしまう。ただでさえ凛々しく艶やかなコスチュームに身を包んだしのぶに上に乗られて動きを封じられ、陸はその圧倒的な迫力に征服される悦びを覚えてしまう。

「フフ。チ×ポがもどかしげにビクビク震えているぞ。私のオマ×コがそんなによいのだな。乳首もいやらしく立たせて、いやらしい子だ」

しのぶは陸に馬乗りになりながら、両手を伸ばして陸の胸板をサワサワと撫で擦る。手袋に包まれた手のひらでたっぷりと愛撫を施すと、尖ってしまった陸の乳首を指でキュウッと摘まみ上げる。

てしまう。

「フフッ。チ×ポがビクッと震えたぞ。乳首をいじめられて感じているのだな」

瞳に妖しい光を浮かべて陸を見下ろすしのぶの姿に、陸はゾクゾクと身体を震わせ
てしまう。

「今度はもっと激しくいじめてやろう。それっ、それっ！」

しのぶは陸の胸板に両手を置くと前傾になり、勢いよく腰を上下させる。ヌボッヌボッと肉棒が勢いよく膣穴に出入りし、コスチュームの上からしのぶの乳房がブルンブルンッと激しく揺れる。

「んあぁっ、はあぁんっ！　ど、どうだ陸っ。私のオマ×コに、チ×ポを激しく犯される感触はっ」

「くあぁっ、うひぃっ。すごい、すごいですっ。チ×ポが何度も根元から引っ張り上げられてっ、チ×ポ取れちゃいそうですっ」

強烈な悦楽に悶え喘ぐ陸の様子を、しのぶは圧倒的な優越感を抱きながら見下ろす。本来の力であれば歯牙にもかけぬ相手であるのに、性交時には決まって理性が蕩けるほど自分を追いたて狂わせてきた愛しき少年。その少年を自身の力で組み伏せ喘ぎ鳴かせているというなんともいえぬ悦びが、しのぶを淫らな痴女として開花させてゆく。

しのぶはさらに前のめりになると、両手で陸の頬を包みこむ。そして陸の顔をサワ

サワといとおしそうに撫で擦りながら、腰をパチュッパチュッと淫らに上下させ陸の肉棒を蜜壺で攻め立てる。

「ウフフフッ。そんなにきもちよさそうな顔をして。アンッ、ハァンッ。かわいいぞ、陸っ。キツキツオマ×コでチ×ポをゾリゾリしごかれて、もう射精したくてたまらないのだろう。でも、だめだぞ。これは、スケベなことばかり考えている陸へのオシオキなのだからっ。クチュクチュ、えあぁ～っ……」

腰を振りたくりながら陸の顔を上から覗きこんだしのぶは、口内で舌をモゴモゴと蠢かせると、陸の顔へ向けてタラリと唾液を垂らしてゆく。陸はそれをうっとりと口を開けて受け止め、痴女化したしのぶに支配される悦びに浸りきる。

しばししのぶの両手にネットリと愛撫され視線に犯されながら蜜壺で肉棒を攻め立てられていた陸であったが、やがて抑えきれない射精の衝動にガクッガクッと腰を浮かせ始める。

「うあっ、くあぁぁっ。しのぶ先輩っ、僕、もうだめですっ。射精したいですっ。ザーメン出したいですっ」

「ウフッ、ウフフッ。イキそうなのだな、陸っ。だが、ダメだぞっ。これはオシオキなのだから。陸には限界まで射精を我慢してもらうのだからなっ」

しのぶは身体を起こすと陸の上で上下に大きく身体を動かし、ギチギチと蜜壺で肉棒を徹底的に締め上げ射精を封じながら肉幹の表面を膣襞で嬲り回してゆく。気づけば陸を犯す悦びに火がついたのか、しのぶは自らコスチュームのブラウスをたくし上げブラジャーを脱ぎ捨てると、陸に見せつけるように美巨乳を自らの手でグニグニと揉みしだき始める。

「うあぁぁ～っ。あ、あのカッコイイしのぶ先輩が、こんなにいやらしくなっちゃってるっ。正義のヒロインの格好をしてるのに、自分でおっぱいを揉みながら激しく腰を振って、痴女みたいに僕を逆レイプしてるぅっ」

「アァンッ、ハアァンッ。ウフフッ、いいぞ、陸のその顔っ。いやらしい私が好きなのだろう。頭のなかではいつも、淫乱な私を想像してチ×ポを滾らせているのだろうっ。ほら、これがお望みの姿だぞ。でも、射精はダメだ。これはオシオキだから、夢にまで見た私のドスケベな姿を見ても、陸は射精できないんだっ」

「ああっ。そんな、そんなぁっ」

湧き上がる強烈な射精欲求と、しかし射精できないもどかしさに、陸は頭を抱えて身悶える。

「ああ～っ！　しのぶ先輩っ。もう許してくださいっ。射精させてくださいぃっ」

「ンアッ、ヒアァッ。どうした、陸っ。そんなに射精したいのかっ。私のオマ×コに、ドピュドピュザーメンをぶちまけたいのかっ」

「はいっ、はいぃっ。ドピュドピュ射精したいですっ。大好きなしのぶ先輩のオマ×コを、子宮のなかまで僕のザーメンでいっぱいにしちゃいたいですっ」

切羽詰まった陸の訴え。その『大好き』という言葉に一瞬、しのぶの心がフワリとほどけ、膣壁の締めつけがフッと緩んでしまう。その瞬間、陸は両手を伸ばしてしのぶの腰をガッチリつかむと、腰をグイッと浮かせて肉棒をしのぶの膣穴の奥の奥へとねじこんでゆく。

「くあぁーっ！　僕、もうダメですっ。出ますっ。しのぶ先輩のオマ×コに、子宮にザーメン射精しますぅーっ」

「ンアァッ!?　ま、待て、陸っ。そんなっ、アヒッ、ヒアァァッ!?」

ドビュッ、ドビュビュウッ!!　ビュクビュクッ、ブビュッ、ドビュルルルッ、ビュババビュバッ!!

「ハヒイィーーーンッ!?　イクッ！　イクッ、イクウゥゥーッ!!」

下から深々と突き上げた陸の肉棒は、子宮口がひしゃげるほど深く膣奥へ突き刺さり、そして溜まりに溜まった射精欲求と共に大量の精液をブビュッ、ブビュッと吐き出してゆく。しのぶは背骨が折れんばかりに背筋を仰け反らせ、目を剝き舌を突き出して不意を突いた強烈な快感に理性を吹き飛ばされる。

「うあぁ～っ。しのぶ先輩のアクメマ×コ、ギュンギュン締まるぅっ。ザーメン止まらないっ。腰が抜けるぅっ」

「アヒッ、ハヒイィーッ！　イクイクッ、またイクゥッ！　ザーメンすごいっ、ドピュドピュはげしいっ！　オマ×コこわれるっ、イキまくりになるぅ～っ！」

次々と休む間もなく射精液をドパドパと膣奥に打ちつけられ、しのぶは陸の身体にまたがったままガクンと頭を後ろに反らし、絶頂が引かなくなってしまう。陸の肉棒は散々射精を封じられたお返しとばかりに何度も射精を繰り返し、しのぶの脳髄を快楽でグズグズに蕩かしてゆく。

ようやく長い射精が終わっても、理性を飛ばされたしのぶは陸の上でぐったりと肢体を投げ出しピクピクと痙攣させていた。一方陸の肉棒は、あれだけの射精を終えてもなお射精し足りず、ドロドロの蜜壺のなかでビクビクといきり立ったままであった。

陸は身体を起こすと肉棒を挿入したまましのぶと体勢を入れ替え、しのぶにまんぐり返しの体勢を取らせて上からグッとのしかかる。

「しのぶ先輩っ。僕、まだイキたりないです。もっともっとセックスしましょう。しのぶ先輩のオマ×コに、もっともっと僕のザーメン注がせてくださいっ」

「アンアン、アヒィンッ！　ズンズンされるとオマ×コに響くぅっ。ンアァッ、ダメ、ダメなのにっ。今日は陸のオチ×ポに、オシオキする日だったのにぃっ」

「しのぶ先輩のエッチなオシオキは、また今度じっくり受けさせてくださいっ。でも今は、チ×ポが壊れるくらいしのぶ先輩を犯しぬきたいんですっ」

「そんなっ、アヒッ、ハヒアヒィッ！　ズコズコされてるっ、オマ×ココわれるぅっ。んおぉっ、おひぃぃっ！　乱暴なズボズボで、オマ×コイキッぱなしになるぅ～っ！」

陸はしのぶの肢体を二つ折りにするとブーツに包まれた美脚の足首をがっちりつかんで固定し、勢いよく腰を振りたてズコッズコッと激しく膣穴を犯しぬく。膣内射精による絶頂が引ききる前に激しい抽送で突き上げられてしのぶの蜜壷は絶頂しっぱなしになり、妖しく陸を見下ろしていた美貌は見る影もなくしのぶの顔は悦楽にトロトロに緩みきる。

「しのぶ先輩のおっぱい、パンパンに張っちゃってますよっ。乳輪もプクプク、乳首もビンビンで、たまらなくドスケベな形になっちゃってますっ」

「はひぃぃ～っ！　今、胸を揉まれたらぁっ。あひっ、はひぃんっ！　揉み潰されるたびに、乳房にジンジン疼くぅっ。胸の奥が蕩け出して、全身が甘く痺れるぅ～っ」

陸は体重をかけてズンズンと膣穴を犯しながら、両手で美乳をグニッグニッと握り潰すように強く揉みしだく。すっかり乳房に溜まりきっていた官能は強めの愛撫にたちまち弾け、全身にじわじわと快楽を流れ出してしのぶの肉体を足の先まで悦楽に狂わせてゆく。

気づけばしのぶは陸の手に手を重ねて自らも乳房を揉みたくり、無意識のままに腰

をクイクイ突き出してより深い抽送を陸の肉棒にねだってしまう。

「くあぁあっ。セックス気持ちいいっ。しのぶ先輩のオマ×コをズボズボするの最高ですっ。気持ちよすぎてチ×ポが熱いっ。このまま爆発しちゃいそうですっ」

「アヒアヒッ、ハヒィ～ッ。私もイイッ、セックスイイッ。陸のチ×ポでズボズボされると、オマ×コ痺れてなにも考えられなくなるっ」

いつしか二人は互いの身体を抱き寄せ合い、激しく腰を打ちつけ合う。悦楽に潤んだ視線が絡まり、吸い寄せられるように重なった唇はブチャブチャと淫らな汁音を上げながらお互いを求めてひしゃげてゆく。

「ブチュッブチュッ、ジュパジュパッ。くあぁぁっ。しのぶ先輩、僕、またイキそうですっ。チ×ポにザーメンがギュンギュン集まってきましたっ」

「ムチュッムチュゥ、チュパチュパッ。アァ、私にもわかるぞ、陸っ。陸のチ×ポ、射精したい、ザーメンぶちまけたいってビクビク震えているっ。ンアァッ、出してっ、出してくれっ陸ぅっ。私のオマ×コに、ドピュドピュザーメン注いでくれぇっ。私は本当は、陸の何度射精しても収まらないドスケベなザーメンチ×ポが大好きなんだぁっ」

悦楽に理性が蕩けきったことで、しのぶはとうとう本心を打ち明けてしまう。その言葉を聞いた陸はさらに激しく腰を振りたくり、膣奥を抉らんばかりに突き上げてゆく。

「ああっ、嬉しいですしのぶ先輩っ。ドスケベでどうしようもない僕のチ×ポを、大好きだって言ってもらえるなんてっ。レロレロッ、チュパジュパッ。くあぁあっ、いきますよ、しのぶ先輩っ。僕のすべて、しのぶ先輩に注ぎこみますっ！」

「あひあひっ、はひぃぃ〜っ！　出してっ、注いでぇっ！　私のオマ×コッ、陸のザーメンでいっぱいにしてくれぇーっ！」

そして陸はしのぶの身体を押し潰さんばかりにギュウウッとのしかかり、膣奥深くまで肉棒をグリグリとねじこむと、子宮口をひしゃげさせながら射精を開始する。

「くおぉおっ、いくっ、しのぶ先輩の一番奥にっ、ザーメン出るぅーっ！」

ドビュッ、ドビュルルッ！　ビュクッビュクッ、ブビュビュビュッ、ドバドバッ、ビチャァッ!!

「アヒイィィーーーッ!!　イクッ、イクウゥーッ！　オマ×コイクッ、ザーメンでイクウゥゥーッ!!」

二つに折りたたまれて小さくなったしのぶの身体をスッポリと抱きすくめながら、陸はしのぶの膣奥に深々と肉棒を突きたて、何度も何度も精液をぶちまける。しのぶは絶頂に白い喉をヒクヒクと反らせ、力の入らぬ両手で陸の背中を抱きしめ、すべてが蕩け出すような絶頂に溺れてゆく。

「くあぁぁっ、まだ出るっ、どんどん出ますよっ。しのぶ先輩のキッキツオマ×コがグネグネザーメンほしがってるから、僕のチ×ポ、何度だって射精しちゃってますっ」

「はへっ、あへぇぇ〜っ！　うれっ、うれひぃっ。陸のチ×ポっ、ザーメン、だいすきっ。りくっ、だいしゅきらぁっ。もっともっと、ザーメンそそいでっ、わたひをりくでいっぱいにしてぇぇ〜っ」

とうとう絶頂のしすぎで呂律が回らなくなったしのぶは、蕩けきった笑顔で陸を見つめ、さらなる射精をねだる。最愛の人の心からの願いに、陸はさらに腰を深く沈めてしのぶと奥底で繋がり合い、いつまでもいつまでも愛の証を注ぎ続けてゆくのだった。

エピローグ　最強彼女の恋し方

　ある日の日曜日。この日は珍しく、陸はしのぶと外で待ち合わせをしていた。これから遊園地へデートに向かう予定なのだ。

「そういえば、いつも道場に通ってばっかりで、ちゃんとしたデートってしたことなかったかもな。……へへ、デートかぁ」

　公園のベンチに腰かけ、陸は思わず顔をにやけさせる。そういえば、ここは初めて陸がしのぶと出会った場所だった。あの日はただ遠くから見つめるだけの存在でしかなかったしのぶが、今は恋人として、傍らにいてくれる。その喜びに、陸の頰の緩みは止まらなくなる。

　と、その時。ザッと足音がしたのを聞いた陸は、満面の笑顔を浮かべて顔を上げる。しかしそこにいたのは、陸の待ち人ではなかった。

「おう！　オメエ、夏木陸ってんだよなぁ。ちっとツラ貸せや」

「……は？」

そこにいたのは、いつぞやの不良三人組であった。招かれざる客の登場に陸は呆気に取られ、間の抜けた声を上げる。

「は？　じゃねえんだよコラッ！　テメエが『鬼影』の男だってネタは上がってんだよ。鬼影にはたっぷり借りがあるからよ。テメエにはヤツをおびき出すのに協力してもらうぜ」

「いや〜、しのぶ先輩の、男だなんて……へへへ」

ドスを利かせて喋る不良だが、陸はその都合のよい一部分しか聞いていなかった。

「なにヘラヘラしてんだテメエッ。ナメてんじゃねえぞ、コラァッ」

そんな陸の様子に業を煮やした不良の一人が、勢いよく殴りかかってくる。しかし陸は立ち上がると、不良の拳をヒョイとかわす。

「なっ!?　テ、テメエ、よけんじゃねえっ！」

不良は怒りで顔を真っ赤にし、次々に拳を繰り出してくる。しかし陸はそれらを簡単に見きり、スッスッとかわしてゆく。

（やっぱり、しのぶ先輩の拳や蹴りに比べたら、止まって見えるや）

普段からしのぶの研ぎ澄まされた技を見慣れている陸にとって、不良の攻撃はなんともお粗末に見えた。

(とはいえ、いつまでも避けていられるわけでもないんだよね)

陸は基礎体力の修練こそしのぶの指導で行っているが、あいにく攻撃手段に関してはなにも知らない。それに複数で同時に攻撃されては、いつまでも捌《さば》きされる自信はなかった。

タイミングを見てこの場を逃げ出そう。陸がそう決めた、その時。

「待てっ!」

辺りに凛とした声が響き渡る。待ちわびたその存在に、陸はパッと顔を輝かせる。

「しのぶ先輩っ!」

陸が振り返った先には、最愛の恋人であり最強の美少女格闘家であるしのぶが颯爽と立っていた。

「陸、スマン。待たせたな」

そう言って薄く微笑む、その笑みはなんとも頼もしい。しかし、どこかいつもと違って見えるのは、彼女の格好がいつもの道着姿ではないからであろう。

「……プッ。ギャハハハッ! おい鬼影っ。なんだその格好はよっ」

と、陸と共に振り返るもしばし呆気に取られていた不良の一人が、腹を抱えて大笑いを始める。

しのぶは、フリルをふんだんにあしらった黒のゴスロリワンピースを着ていたのだ。その両手には白いシルクの手袋が塡められ、首には首輪型のチョーカーが巻かれている。

「に、似合わねぇ〜。お前みたいなデケー女が、そんなヒラヒラ着るなんざよ。頭がどうかしちまったんじゃねえのか。ギャハハハッ」

不良の哄笑を、しのぶはしばし俯き黙って聞いていた。だが陸は、しのぶの肩が小刻みに震えているのを見逃さなかった。

そして次の瞬間、地面を蹴ったしのぶは神速の勢いで不良の足元に勢いよくもぐりこむと、伸び上がると同時に掌底を不良の顎へアッパー気味に斜め下から叩きこんだ。

「笑うなぁーっ!!」

「ぐぎゃぁっ!?」

そして不良は、文字通り宙を飛ぶ。しのぶの強烈な一撃は人一人を宙に浮かせ、茂みの向こうへと軽々吹っ飛ばしていた。

「タ、タケシーッ!」

「お、おいテメエ、なにしやが、ヒィッ!?」

しのぶに食ってかかろうとした不良の一人は、思わず言葉を呑みこむ。しのぶは鋭い視線で見据えながら、その場に仁王立ちしていた。その背中からは怒気がユラユラ

と立ち昇っているように陸には見えた。

「……消えるなら、早くしろ。でなければ……」

「ひっ、ひぃぃっ！　お、覚えてやがれっ！」

怒気を孕んだしのぶが一歩足を踏み出すと、不良たちは脱兎の如く駆け出し、吹っ飛ばされて気を失い伸びている不良を抱えて一目散に逃げていった。

「……フンッ」

しのぶは不良たちの背中を一瞥すると、小さく鼻を鳴らし、着衣の乱れを直す。そんなしのぶに、陸は笑顔を浮かべて声をかけた。

「しのぶ先輩、ありがとうございます。助かりました」

「……ん。このくらい、大したことではない。どうせ私が原因で難癖をつけられたのだろう。……ハァ」

そう言うと、しのぶは目に見えて肩を落とした。

「どうしたんです、しのぶ先輩。……もしかして、さっきあいつらに言われたこと、気にしてます？」

「……別に、そういうわけではないが……」

そうは言いつつも、しのぶは明らかにしょげていた。いや、他の人間ならば気がつかないほどの変化かもしれないが、ずっと側にいる陸には丸分かりであった。

「しのぶ先輩。あんなことがあったせいで言うの遅れちゃいましたけど……その格好、とてもよく似合っていますよ」

「えっ。……あ、うぅ……」

陸に褒められ、しのぶの頬がカァッと赤く染まってゆく。

「せ、世辞はいい。どうせヤツらの言うように、私のようなデカい女にこのようなかわいらしい服は似合わぬ」

「そんなことないですよ。身長がある分、かわいらしいだけじゃなくて気品が感じられるっていうか。僕は、しのぶ先輩のその格好、素敵だと思います」

「ぬぅ……」

「僕は、しのぶ先輩に似合うと思ってその服をプレゼントしたんですよ。あんなヤツらの言葉より、僕の言葉を信じてください」

陸がまっすぐに見つめてそう告げる。しのぶはしばし俯いていたが、首元に手を伸ばし首輪型のチョーカーをそっと手のひらで撫でると、フッと表情を和らげ肩をすくめた。

「そう、だな。陸が贈ってくれたのだものな。陸が気に入ってくれたなら、それがなによりだ」

そう言って、しのぶはニコリと笑う。その笑顔を見られただけで、プレゼントをした甲斐があったと、陸もまた笑顔を浮かべた。

しのぶと共に過ごすうち、陸はしのぶの内面には正義のヒロインへの憧れだけでなく、お姫様願望があることもうっすらと気づいていた。それは格闘家への修練の道を志した際に、半ば諦めた夢であったのだろう。だからこそ陸は、しのぶのその秘めた願いを叶えてあげたかったのだ。

それでもプレゼントを手渡した時点で今日それを着てきてくれるかは半信半疑であったが、しのぶは周囲の目よりも、陸にその姿を見せることを選んでくれたのだろう。

それが陸には、とても嬉しく思えた。

「それじゃ、行きましょうか。……僕の、お姫様」

「は、恥ずかしいことを言うな……」

自分で口にしても耳が赤くなるほどのキザなセリフである。聞かされる方は尚更であろう。それでもしのぶは照れつつも、差し出された陸の手に白いシルクの手袋を嵌めた手をそっと重ねたのだった。


「あっ。おねえちゃんに、おにいちゃんだ〜」

公園を出て通り沿いを歩いていると、ジョンの散歩をしているマリに出会った。

「マリちゃん、こんにちは」

「こんにちは～」

しのぶが少し身をかがめて挨拶すると、マリもまた元気よく挨拶を返す。迷子のジョンを助けた一件以来、マリはすっかりしのぶに懐いていた。その正体が憧れの変身ヒロインであると思いこんでいるのが、やはり大きいのかもしれない。最近では、いつか自分も変身ヒロインになりたいからと、時折道場にやってきてしのぶに稽古を頼むほどであった。

そしてジョンもまた、しのぶの姿を見て嬉しそうに尻尾を振っていた。おずおずと差し出されたしのぶの手を黙って受け入れると、頭を撫でる優しい手のひらの感触に心地よさそうに目を細めている。

「うわ～。今日のしのぶおねえちゃん、とってもキレイ。お姫さまみた～い」

「そ、そうか……」

マリに褒められ、しのぶは照れた笑顔を浮かべる。お世辞の言えない子供相手だからこそ、その純粋な反応は真実を表していた。

チラリと振り向いたしのぶに、陸はコクンと頷いて見せる。しのぶは満更でもない表情を浮かべて、散歩の続きと歩き出したマリとジョンを見送り、小さく手を振るのだった。

「そう言えば先日、そろそろ父が帰ってくるという手紙が届いた」

遊園地へと向かう道すがら、手を繋いでのんびりと歩きながら、しのぶがふと口を開く。

「えっ。本当ですか？」

「うむ。三年ぶりか。さぞかし強くなっているのだろうな。手合わせが楽しみだ……」

笑みを浮かべ、しのぶはスッと目を細める。父の帰還を楽しみにしているのだろう。

「そうですか。じゃあ僕も、挨拶しないといけませんね。いつも、しのぶ先輩の修行を見学させてもらってますって」

「それだけではないだろう。キミは私の……恋人だと、そう挨拶はしないのか？」

「それはもちろん、いずれはそうするつもりですけど……数年ぶりに帰ってきて、いきなりそんなことを言われたら、しのぶ先輩のお父さんも困っちゃうんじゃないかなって」

「……ふむ。確かに、一理あるな」

陸の言葉に、しのぶは納得したように頷いてみせる。それから、イタズラっぽい笑みを浮かべて、言葉を続けた。

「それに、少しでも父と戦うまでの時間を稼いだ方がよいものな」

「え、ええっ？　た、戦うって……」

「幼い私に、父がよく言っていたのだ。『しのぶを嫁にやる資格があるのは、ワシに勝った男だけだ』とな。陸には私のために、父に勝利してもらわねばな」

「そ、そんなぁ。しのぶ先輩～っ」

思わず情けない声を上げてしまう陸。しのぶを超えるほどの実力者で、しかも二メートル近くもある大男だというしのぶの父に、今の陸が勝利する可能性など万に一つもないだろう。

愕然としている陸を横目で見つめていたしのぶは、やがてクスクスと笑い出す。その時初めて、陸はしのぶにからかわれていたのだと気づく。

「もう、しのぶ先輩。ひどいじゃないですか、からかうなんて」

「フフッ。すまんな。少し、反応を見てみたかったのだ。……だがもし。本当に、父に勝たねば交際は認めぬと言われたら……どうする？」

しのぶはそう尋ねると、陸の顔をまっすぐに見つめる。そこにはからかいの響きは含まれてはいなかった。

「……できる限りのことを、やってみます。僕はしのぶ先輩と、ずっと一緒にいたいから」

「……そうか。そう、だな」

しのぶは口端に小さく笑みを浮かべ、首下のチョーカーを撫でる。そして陸の手をキュッと握り返す。

もはやしのぶにとっても陸にとっても、お互いがなくてはならぬ存在である。もし父がそのようなことを言い出したならば、きっと自分もまた、できる限りのことをするだろう。陸との交際を賭け、父と拳を交えることもあるかもしれない。

「私も……陸と、ずっと一緒にいたい。そう、思っているぞ」

「……はいっ」

二人は手を握り合ったまま、互いの顔を見つめ、照れ臭そうに笑い合う。遊園地はもう、すぐそこであった。


（終）

美少女文庫
FRANCE SHOIN

最強彼女《さいきょうかのじょ》の躾《しつ》け方《かた》

著者／鷹羽シン（たかは・しん）
挿絵／しなのゆら
発行所／株式会社フランス書院
〒102-0072　東京都千代田区飯田橋 3- 3 -1
電話（営業）03-5226-5744
（編集）03-5226-5741
URL http://www.bishojobunko.jp

印刷／誠宏印刷
製本／宮田製本

ISBN978-4-8296-6207-6 C0193

美少女文庫
FRANCE SHOIN

◆◇◆ 好評発売中！◆◇◆

美少女文庫
FRANCE SHOIN

◆◇◆ 好評発売中！◆◇◆

美少女文庫
FRANCE SHOIN

◆◇◆ 好評発売中！◆◇◆

原稿大募集 新戦力求ム!

フランス書院美少女文庫では、今までにない「美少女小説」を募集しております。優秀な作品については、当社より文庫として刊行いたします。

◈応募規定◈

★応募資格
※プロ、アマを問いません。
※自作未発表作品に限らせていただきます。

★原稿枚数
※400字詰原稿用紙で200枚以上。
※フロッピーのみでの応募はお断りします。
必ず**プリントアウト**してください。

★応募原稿のスタイル
※パソコン、ワープロで応募の際、原稿用紙の形式にする必要はありません。
※原稿第1ページの前に、簡単なあらすじ、タイトル、氏名、住所、年齢、職業、電話番号、あればメールアドレス等を明記した別紙を添付し、原稿と一緒に綴じること。

★応募方法
※郵送に限ります。
※尚、応募原稿は返却いたしません。

◈宛先◈

〒102-0072　東京都千代田区飯田橋3-3-1
株式会社フランス書院「美少女文庫·作品募集」係

◈問い合わせ先◈

TEL: 03-5226-5741
E-mail: edit@france.co.jp
フランス書院文庫編集部